小学館文庫

鴨川食堂もてなし

柏井 壽

JN019981

小学館

目次

第一話　ビフテキ　7
第二話　春巻　70
第三話　チキンライス　124
第四話　五目焼きそば　189
第五話　ハムカツ　239
第六話　ちらし寿し　292

鴨川食堂もてなし

第一話　ビフテキ

1

東海道新幹線の〈のぞみ九号〉は新横浜駅を朝七時二十九分に発車して、九時二十二分に京都駅に着く。

老いた親との旅はグリーン車が安心だ。八号車の十番C席が大道寺《だいどうじ》茜《あかね》の席で、窓側のD席には、茜の父である茂《しげる》が座り、両手をいっぱいに広げて新聞を読んでいる。

茜と茂が向かっているのは、京都『東本願寺《ひがしほんがんじ》』近くにある『鴨川《かもがわ》探偵事務所』。茜が編集長を務めている「料理春秋《りょうりしゅんじゅう》」に——食捜します——という一行広告を出稿しているのが『鴨川探偵事務所』で、ふたりは食を捜しに行くところだ。

「茜。東京で来年オリンピックが開かれるって、おまえは知ってたのか？」

茂は紙面から遠ざけた目を茜に向けた。

「そうらしいわね。ニュースではよく目にするけど、あんまり興味ないから」

車内販売のコーヒーを飲みながら、茜はスマートフォンから目を離さずにいる。十月に入ったとは言え、蒸し暑い日が続いている。茜は黒い半袖のワンピースにミュール履きという夏っぽい装いだ。

「東京オリンピックなんてものは、ひとの一生に一度でいい。二番煎じなんぞは要《い》らん。茜もそう思うだろ」

広げた新聞越しで茜に向けた目がきらりと光る。

長く教鞭《きょうべん》をとり、教育界の重鎮として鋭く光らせてきた眼光は、八十歳を超えた今に至っても、まったく輝きを失っていない。茜から見れば明らかに認知症に思えるのだが、たまに筋の通ったことを言うから、主治医は深刻な状態ではないと言う。加えて傍若無人ぶりも健在だ。娘だから我慢しているが、これが夫や恋人だったら、目の前に迫ってくる、新聞を広げる手をぴしゃりと叩《たた》いているところだ。

「一九六四年の東京オリンピックって、わたしはまだ子どもだったから何も覚えてないよ。お父さんから聞いたり、映像を見たりしたことで、なんとなく経験したような気になっているだけでさ。だから、二度目っていうふうには思えないんだよね」

やんわりと茂の手を押し返した。

「それはいいが、これからどこに行くんだ？　今乗ってるのは新幹線だろ」

どんなに眼光は鋭くても、頭のなかはどんよりとにごっている。たった三十分前に言い聞かせたことが、もう茂の頭には残っていない。

グレーのジャケットにエンジ色のネクタイを締めた茂は、険しい目つきで窓の外を眺めている。

「京都に行くのよ。美味《おい》しいものを食べにね」

さっき言ったでしょ、とか、もう忘れたの、とか、責めるような言葉はけっして使わない。かならず諍《いさか》いになるからだ。

「そうだ。そうだったな。京都には旨《うま》いものが山ほどあるから」

茂の顔が一気にやわらいだ。

ほんとうなら富士山が見えるはずなのだが、厚い雲に覆われた空に顔を見せる気配はまるでない。

「京都に着いたら何が食べたい？」

無駄な問いかけだと分かっていても、聞かずにおれないのは、娘だからなのか。それとも編集者の性《さが》なのか。

「なんでもいいよ、百合子《ゆりこ》の好きなものにしなさい」

言葉だけでなく、口調もいつもと寸分たがわぬ様子だ。

完全リタイアした十年前から、茂の様子が少しずつ変化してきた。認知症とおぼしき症状が徐々に進行してきているのだ。八年前に妻の百合子を亡くしてからは、いっそう拍車が掛かったように見える。ここ一、二年は茜と百合子を混同することが目に見えて増えてきた。

たしかに自分でも百合子に似てきたと思っている。お盆に会った叔母には瓜《うり》ふたつだと言われたし、そこに母が居るのかと、鏡を見てぞっとすることもよくある。茂にしても、最初はただ名前を呼び間違えているだけだと思ったが、茜を百合子と思いこんでいるのだと分かってきた。

食べ物にうるさい茂は、こと細かに百合子に注文を付けていた。茜が子どもだったころには、気に入らない料理が出ると、ちゃぶ台返しのような乱暴なこともしていた。

畳の上に散乱している皿や料理を、無言で片付ける百合子を見て、なんと哀れな母親なのだろうと思ったのを、まるで昨日のことのように思いだしている。

「なんでもいいよ」

窓の外を眺めながら、また茂がつぶやいた。

あれほど食にうるさかった父が、今では自分が何を食べたいかということすら分からなくなっている。百合子の積年の恨みがそうさせているのではないかとさえ思ってしまうほど、今の父は哀れだ。

見合い結婚だと聞いたが、百合子はなにを思って茂と一緒になったのだろう。仕事に明け暮れていた茂の面倒をみるためだけの暮らしのどこに、百合子は生きがいを見つけていたのか。今もって茜にはまったく理解ができない。

新聞を膝に置いたまま寝息を立てはじめた茂は、京都に近づくまでずっとおなじ姿勢で眠り続けた。

〈のぞみ九号〉を降りたふたりは、JR京都駅の八条《はちじょう》口を出てタクシーに乗りこんだ。

「近くて申しわけないけど、間之町《あいのまち》通から正面《しょうめん》通を西に入ってもらえますか」

地図を見せながら、茜がドライバーに行先を告げた。

「お仏壇でも探してはるんでっか」

白髪のドライバーの言葉は本気か冗談か判別がつかない。

たしかに仏壇屋や仏具商が軒を並べる界隈《かいわい》だが、高齢者を連れた客に言う言葉かと思う。近距離客に嫌味のひとつも言いたかったのだろうが、無言で発進する不愛想なドライバーよりはましかと、茜は苦笑いした。そのあいだも茂は表情ひとつ変えず、ずっと窓の外を見つめている。おそらくここが京都だということすら分かっていないのだろう。

仕事以外の目的で京都を訪ねるのは何年ぶりになるのか。少なくとも十年は経《た》っているはずだ。電話で声を聞くことはあるが、鴨川流《ながれ》と最後に会ってからもおなじくらいの歳月が過ぎている。

案じていた老齢のドライバーだが、運転と土地鑑はしごくまともで、スムーズに『鴨川食堂』の前にタクシーを横付けしてくれた。

ただの民家にしか見えないこの店の奥に、目指す『鴨川探偵事務所』がある。茜はトートバッグから財布を出して、タクシー代を支払った。

「ようこそ、茜さん。お父ちゃんがお待ちかねですよ」

気配を感じて、鴨川こいしが店から飛びだしてきた。

「こいしちゃんだよね。すっかりいいおんなになって。見違えちゃった」

タクシーから降りて、茜はこいしの肩を抱いた。

「茜さんこそ。前からべっぴんさんやったけど、ますますきれいにならはって、めっちゃスタイルもええし、女優さんみたいですやん」

腕を伸ばしたこいしが、茜の頭の上から足先まで視線を下ろした。

「大道寺はん、ようこそ。覚えてくれてはりますかいなぁ。鴨川流です」

こいしに続いて出てきた流が、タクシーの後部座席に上半身を入れ、茂を抱きかかえようとする。

和帽子の下から覗《のぞ》く頭髪には白いものが目立ち、藍色の作務衣《さむえ》に包まれた背中はずいぶんと丸みを帯びている。歳月は人の姿を変えることを茜は思い知らされた。

「大丈夫。父さんは足だけは丈夫なの」

茜が流の背中を軽く叩いた。

「ここで降りて何をするんだ」

渋々タクシーから降りて、茂は不機嫌そうな顔を茜に向けた。

「お父さんの好きな美味しいものを食べるんでしょ」

茂の腕を取って、茜は店のなかに引っ張りこもうとしている。

「そうだったな」

表情を一変させて、茂は自ら進んで店のなかに入っていった。

「いろいろ大変みたいですね」

肩をすくめて、茜の耳元でこいしが小声でささやいた。

流に奨《すす》められてパイプ椅子に腰かけた茂は、顔をしかめて何度も咳《せき》ばらいをしている。

「『料理春秋』の広告では、いっつも世話になって、すまんこっちゃなぁ」

「少しはお役に立ててるのかしら」

「〈――食捜します　鴨川探偵事務所――〉あの一行広告を見て、ようけお客さん来てくれはるんですよ」

こいしが茜と茂に茶を出した。

「わたしまで、その客のひとりになるとは思いもしなかったけど」

茜が苦笑いして、茂の横顔に目を遣《や》った。

状況を理解できないだけでなく、分かろうともしない茂は表情を変えもせず、ただじっと前を見つめている。こいしとはもちろん初対面だが、流とは何度か会ったことがある。茂がそれを覚えているとは思えないが。

「お腹《なか》の具合はどないや？　昼まではまだ時間があるさかい、軽いブランチでも出そか」

　声を掛けながらも、流が茜と目を合わそうとしないのは、長いブランクの埋めかたを探しあぐねているからに違いない。

「お父ちゃんがブランチてな洒落《しゃれ》た言葉を使《つこ》うたん、はじめて聞いたわ」

　こいしが意味ありげな笑みを茜に向けた。

「こういう時間帯にお客さんが来はったことないさかいや。茜が好き嫌いないことはよう知っとるけど、お父さんはなんでも食べはるんか？」

　流が茜に訊《き》いた。

「ええ。なんでも大丈夫」

「ほな、ちょっと待っとってや。軽いもんを見つくろうて出すさかい」

　相変わらず茜とは目を合わすことなく、流が厨房《ちゅうぼう》に入っていった。

「ちっとも昔と変わってはらへんでしょ」

　流の背中を見送って、こいしが茜に顔を向けた。

「いろいろ丸くなったみたいね。お互いさまだけど」

　厨房との境に掛かる暖簾《のれん》が揺れている。茜はそれがおさまったのを確かめて舌を出した。

「なにか飲まはります？　日本酒もワインもひと通りそろえてますけど」

「久しぶりに流さんと一緒に飲みたいけど、父も一緒だから、ビールくらいにしておくわ」

「お父さんは？」

「父もビールをお願いします」

「分かりました」

暖簾を揺らして、こいしが厨房に入っていった。

消え去りそうな遠い記憶をたぐりよせ、茜は目の前の情景と重ね合わせた。

デコラテーブルをはさんで、流と掬子《きくこ》が向かい合っている。たがいにひと言も発しない。茜が小さくため息をつくと、掬子が口の端で笑った。思いだせるのはそこまでだ。そのあとのことは茜の記憶から消え去っている。掬子と言い争って、まだ黒々としていた短髪をかきむしるようにし、流が怒鳴り声をあげたような気もするし、柔和な笑みを浮かべていたような気もする。

「そろそろ帰ろうか」

いきなり立ちあがった茂が、茜のたぐりよせた糸をぷつりと切った。

「まだ帰らないよ。もうすぐ美味しいものが出てくるんだから」

茂の両肩を茜が押さえつけた。

「先にビールを飲んでてくださいね」

こいしが瓶ビールを持ってきて、ふたつのグラスに注《つ》ぎわけた。

「お父さん、乾杯」

茜がグラスを上げると、茂は表情も変えずに大きな音を立ててグラスを合わせた。

喉を鳴らして一気に飲みほした茂は、満足げにうなずいた。それを横目にして、茜はホッとしたように目を細めた。

「お待たせしましたな」

銀盆に二段重をふた組載せて、流がふたりの横に立った。

「なんかすごい豪華」

茜は茂のグラスにビールを注いだ。

「料理雑誌の編集長はんに、何を出したらええか迷いましたわ」

流がはじめて茜に顔を向けた。

「流さんの料理をいただくなんて、何年ぶりかしら」

茜が穏やかな視線を返した。

「簡単に料理の説明をさせてもらいます。上の段は和風の料理を盛り合わせました。

名残《なご》り鱧《はも》と胡瓜《きゅうり》の酢のもん、さつまいもの柚子煮《ゆずに》、鯛《たい》の昆布〆《こぶじめ》、秋茄子《あきなす》の煮浸し、車海老《くるまえび》のあられ揚げ。どれも味が付けてあるさかい、そのまま食べてください。下の段は、ちょっと洋風に仕立てときました。牛ヒレのローストビーフ、舌平目のレモンバター焼き、桜海老のクリームコロッケ、つくねふうハンバーグ、具沢山《ぐだくさん》のポテトサラダ、松茸《まつたけ》のコンソメスープ、ホタテのドリア。数はようけあるけど、どれもひと口サイズやさかい、お腹にはもたれんと思うで」

流の説明を聞きながら、茂は目を白黒させて重箱を見まわしている。

「これをぜんぶわしが食うのか」

「無理してもらわんでもええんでっせ。食べたいもんだけ食べてもろて、遠慮のう残してもろたらけっこうです」

「父さんが要らないんだったら、わたしが食べるから。やっぱりワインを一杯だけいただこうかしら。こんな料理を前にして、ビールだけって野暮だわよね」

重箱を見つめて茜が生つばを呑《の》みこんだ。

「赤がよろしいか。冷えた白もありますけど」

こいしが訊いた。

「迷うところだけど、赤にするわ」

「お父さんは？」

　こいしの問いかけに、茜は黙って首を横に振った。

　茜はビールを飲みほし、瓶に残った分は茂のグラスに注いだ。

　こいしと流が厨房に戻っていくと、食堂は急に静かになった。

「無理しないでいいから、食べたいと思うものだけでいいのよ」

　茜の言葉にうなずいた茂が最初に箸を付けたのは、ローストビーフだった。

　薄切りにされたローストビーフには、ポン酢で味付けされたタマネギのみじん切りが載せられ、それを箸で取った茂はそのまま口に入れた。

　茜はその様子を見守りながら、おなじものを口にした。

　ヒレを使っていると流が言っていたが、その柔らかさには驚くばかりだ。嚙《か》み応えというものがほとんどない。かと言ってパサついているのではなく、舌の上には肉の旨みがしっかり残っている。タマネギが載っていたことを忘れてしまうほどに、肉と一体になっているのにも感心せざるを得なかった。

　仕事柄、茜の夕食はほとんどが外食だ。取材の下見であったり、打ち合わせだったりと内容は違っても、都内では名の知れた店や、話題の店、ニューオープンの店など、先端を行く店ばかりで食事をしている。最近の肉ブームのせいか、週に二、三度は牛肉料理を食べている。いっときのブームは過ぎ去った感があるが、それでもローストビーフを食べる機会は少なくない。予約の取れない店、いつも行列ができている店。そんな人気店で食べるそれとは、比べものにならないほどの完成度の高さに舌を巻く。理屈抜きでそれを感じたのだろう。茂はあっという間に二枚のローストビーフを食べ終えて、デミカップに入った松茸のコンソメスープを飲んでいる。

茜もおなじようにデミカップを手にした。

カップはヘレンドのロスチャイルドバード。こんな、と言っては失礼極まりないけれど、食堂の佇《たたず》まいにはまるで似合っていない。愛くるしい鳥がちりばめられた繊細なカップを洗うのは流だろうか。それともこいしなのか。なぜか、そんなことが気になってしまう。

器も一流だが、これほどていねいに取られたコンソメも稀有《けう》と言っていいだろう。日本料理の出汁《だし》とおなじく、洋食のコンソメは手間を惜しまないのが命だ。どれほどの時間と手間を掛ければ、これほど澄み切った味わいになるのか。

ついつい、先々月にオープンした外資系の超高級ホテルと比べてしまう。メインダイニングで〈古典的オニオングラタンスープ〉と名付けられた料理に、茜は何度も首をかしげたのだ。古典的と言うからには、クラシックなレシピを踏襲しなければならない。深みのないスープからは、どう味わってもインスタントなテイストしか感じられなかった。

とことんタマネギを炒《いた》め、その甘みだけを引き出すのは、昆布出汁を引くより根気の要る仕事だ。むかしと変わらず、流は地道な仕事をずっと続けている。そう思っただけで、茜の胸は熱くなった。

流の腕に夢中だったあのころを思いだす。ただ引き出しが多いだけでなく、そのなかにしまってあるものは、すべてが宝石のようにきらきらと輝いていた。

京都ではなく、東京でもいい。流の腕を以《もっ》てすれば、東京屈指の料理屋になるのは間違いない。何度もそう説得しようとしたのだが、流は聞く耳を持たなかった。

茂が次に口にしたのは、竹串に刺さった、つくねふうのハンバーグだった。

急いでおなじものを食べてみたが、やはりこれもただものではなかった。

見た目はハンバーグっぽいのだが、食べてみると流が言うように、たしかにつくねの味がする。照り焼きふうのタレをまぶしているからそう思うのだろうか。ふたつ串刺しにされたうちのひとつを串からはずし、箸で割ってみると、牛ミンチの合間に鶏《とり》の軟骨らしき白いかけらが見える。なるほど、そういう仕掛けだったのか。

相変わらず、というか、流の料理はあのころに比べて更に進化している。なのになぜ、ちゃんとした料理屋にしないのか。不思議に思ういっぽうで、流らしいスタイルだなとも思ってしまう。

それにしても、茂は洋食ばかりを食べて、和食にはいっさい手を付けていない。たしかに淡白なものより、濃厚な味付けのほうを好むのはむかしからなのだが、ここまで極端だったか。それとも和風のお重が目に入っていないのか。

茂はしごく当たり前のようにして、クリームコロッケを箸でつまみ、ひと口大のそれを丸のまま口に入れた。

「どないです。お口に合《お》うてますかいな」

流が茂の傍《そば》に屈《かが》みこんだ。

「これはあんたが作ったのか？」

「はい。わしが作ったもんです」

「いい腕をしておる」

「ありがとうございます」

流がホッとしたように立ちあがった。

ちゃんと会話が成立したことに、茜は少なからず驚いている。父と娘なのに話が嚙み合わないことはしょっちゅうだったので、流が料理人であることを見抜いたうえでその腕をほめるなど、思いもしなかったことだ。

「洋食がお好きなようでっけど、よかったら和食のほうも召しあがってください。お茶をお持ちしますんで」

言いおいて流が厨房に戻っていった。

箸を手にしたまま、じっと料理を見つめていた茂が、おもむろに箸を伸ばし、さつまいもの柚子煮を舌に載せた。

茜もすぐさまおなじものを口にした。

茂の下あごがゆっくりと上下するも、表情はまったく変わらない。味わっているようにも見えるが、ただ機械的に噛んでいるようでもある。

さつまいものレモン煮やオレンジ煮は食べたことがあっても、柚子の風味を加えたものははじめてだ。まるでむかしからずっとあったような自然な味わいで、さつまいもの持つ甘みを、柚子の酸味とほろ苦さが、ふわりと包みこんでいる。

「ほうじ茶をお持ちしました。熱ぉすさかい火傷《やけど》せんように気ぃ付けとぉくれやっしゃ」

益子《ましこ》焼の土瓶と萩《はぎ》焼の湯呑《ゆのみ》をふたつ置いて、流はすぐに戻っていった。

料理には作り手の人柄が出るとよく言われるが、流はほんとうに穏やかな性格になったのだろう。たえず何かと戦っていたようなあのころなら、こんなやさしい料理は作れなかったに違いない。

「茜」

茂が急に大きな声をあげた。

「はい」

何を言いだすのかと茜は身構えた。

「いい店を知ってるじゃないか」

茂が相好をくずしたのを見て、茜は肩の力を抜いた。

ひょっとして、流は茂に催眠術でも掛けたのではなかろうか。そう思ってしまうほどの変貌ぶりである。表情にこそ表さないものの、自分の置かれている状況を把握し、茂がまともに受け答えしている。

最も驚くべきは、その食べっぷりだ。食事が始まってから、茜は一度も食べることを奨めていない。茂が自ら進んで食べているのだ。デイサービスに行っても、ショートステイでも、いつも後から聞かされるのは、茂の無気力な食事のことだ。ずっと横について奨めないと何も食べようとしない。美味しいともまずいとも言わない。ただただ奨められたものだけを口にし、一定の時間が経過すると席を立つ。取り付く島もないと担当者が嘆くのはいつものことだ。

鱧と胡瓜の酢のものに茂が箸を付けたことにも驚く。むかしから長モノは嫌いだと言って、鰻《うなぎ》も穴子も口にしなかった茂は、鱧が長モノだと気付いていないのかもしれない。

鱧の切り身は軽く炙《あぶ》ってあるようで、白い身に薄《うっす》らと焦げ目がついている。骨切りの技が完璧なのだろう。まったく小骨を感じないどころか、マシュマロのように、ほわほわの鱧だ。そして添えられた胡瓜は、筒切りにしてあるのかと思いきや、桂剝《かつらむ》きにしてから巻いてあるのだ。

大根の桂剝きならよく見かけるが、胡瓜の桂剝きを食べるのははじめてだ。ティッシュペーパーと言うのは大げさ過ぎるかもしれないが、透けて見える胡瓜は紙のように薄い。こうした形で酢のものにすると、胡瓜の青臭さが消えて、二杯酢の味がしっかりと染みこむ。

洋食にも驚かされたが、和食は更にその上をいくといったふうで、今どきのパフォーマンスだらけの割烹《かっぽう》とは格段の差がある。こんな店が東京にあったらなぁと、また思ってしまった。

茂は相変わらず、黙々というか、淡々と食べ進めていて、二段重のなかは半分ほどに減っている。

　思いがけない展開に、茜は少なからず戸惑いを覚えている。

　食べる気力を失ってしまった茂に、むかしの味を思いださせることで、もう一度食の愉《たの》しみを与えてやりたい。そう思って、はるばる京都まで連れて来たのだが、その目的はもう果たしてしまったようにも思える。

「百合子、これはなんの魚だ？」

　茂が洋食の魚料理を指さした。

「舌平目。レモンバター焼きだって言ってましたよ」

　ときどき母にもならなければならない。

「そうか」

　茂は舌平目を箸で半分に切って口に運んだ。

　熱いうちに食べるべきだったかと後悔したが、それでも茂にならって食べてみると、冷めたバター焼きとは思えないほど、あっさりした味わいだ。塩胡椒《しおこしょう》とバター、レモン以外の味は感じない。正統派というか、古典的なムニエルを出してきたことに、流は何かしらの意味を込めているのだろうか。

「食事のほうはどないや？　〆にお茶漬けを用意しとるんやが」

厨房から出てきて流が茜に訊いた。

「早くこいしちゃんに話を聞いてもらわないといけないから、わたしは〆抜きで。こっちの都合もあるしね」

茜はウェストまわりをさすって、太るのを気にしているとアピールした。

「お父さんはどないしよ。一緒に奥に行ってもらうか？」

「流さんさえよかったら、ここで待たせておいてもいいかしら。横にいられると話しにくいこともあるし」

「わしはかまわんで。ここでテレビでも観《み》といてもらうわ」

「トイレのことだけは自分で意思表示するから、そのときは連れて行ってやって。あとは放っておいて大丈夫だから」

「わかった。お父さんはわしがあんじょう見とくさかい、ゆっくりこいしに話をしてきてくれたらええ」

流がこぶしで胸を叩いた。

「よろしくお願いします」

立ちあがって茜が一礼した。

「廊下をまっすぐ行って突き当たりやさかい、奥のドアをノックしてくれるか。こいしが待っとるはずや」

首を伸ばした流が廊下の奥を指さした。

こうした京都の家の作りを、鰻の寝床と呼ぶのだと教えてくれたのは流だった。間口は四間あるかないかなのに、奥行きは十数間ありそうだ。

こつこつと靴音を立てて廊下を歩く茜は、両側の壁にびっしり貼られた写真を順に見ている。

作った料理のレシピを書き残すことなく、写真におさめていると聞いてはいたものの、これほど膨大な量だとは思わなかった。

和食、洋食だけでなく中華料理もよく作っているようだ。きれいに焼き色の付いた餃子《ギョーザ》や、いかにも辛そうな麻婆《マーボー》豆腐の写真を見ると、食事を終えたばかりなのにお腹が鳴る。いやしんぼなのか、仕事に忠実なのか。たぶんその両方なのだろう。

ふいに目に飛びこんできたのは、高原らしき林のなかに佇む掬子の姿だった。白樺《しらかば》の木にもたれかかり、気持ちよさそうに黒髪をなびかせている。なんともしあわせそうな表情だ。

にぎやかな料理写真のなかに、ぽつんと貼られた写真に流の心情が表れていて、茜の胸を熱くする。

時計の針を戻して歩くうち、廊下の奥までたどり着いた。

「どうぞお入りください」

流の指示どおり突き当たりのドアをノックすると、すぐにこいしがドアを開いて招き入れた。

「ここがこいしちゃんの仕事場なんだ。思ったより広いんだね」

ロングソファに座って、茜は部屋のなかをぐるりと見まわしている。

「たいていはこうして、依頼人のひととふたりで向かい合うさかい、狭かったら息が詰まりますやん。深刻な話をしはることもようあるし。お茶かコーヒーか、どっちがよろしい？」

「お茶をいただきます。京都はお茶の美味しい街だからね」

「料理雑誌の編集長さんからそんなん言われたら、めっちゃプレッシャー掛かりますわ」

サイドボードから銅の茶筒を出して、こいしはポットの湯を湯冷ましに注いだ。

「お茶っ葉もだけど、お湯の温度によって味が変わるのよね」

「いっつもお父ちゃんに怒られてますねんよ。こんな熱いお湯使うたらお茶の葉が泣きよる、て」

「お茶の葉が泣く。流さんらしい言いかたね」

「最初のころは温度計で計って、六十度やとか六十五度やとか比べてたんですけど、最近はもっぱら勘に頼ってますわ」

　こいしは空の急須に湯冷ましの湯を入れ、しばらく間を置いてまた湯冷ましに湯を戻す。

「そうか。京都のお茶が美味しいって言うより、京都の人がていねいに淹《い》れるからお茶が美味しいんだ。で、やっぱりお茶っ葉は『一保堂』？」

　茜はトートバッグから手帳を取りだした。

「やっぱりよう分かってはる。『鶴齢《かくれい》』ていう玉露なんですよ。お茶っ葉を入れてお湯入れて九十秒待ったら美味しいなるんです」

「玉露って高いんだよね」

　茜はずっとメモを続けている。

「お茶はケチったらあかん、て、いっつもお父ちゃんが言うてはります」

「ペットボトルのお茶なんて、京都の人にはとんでもない代物なんでしょ？」

「京都でもふつうの人は平気で飲んではりますよ。有名な老舗の料理人はんらがテレビのコマーシャルでペットボトルの宣伝してはったら、お父ちゃんは怒って消さはりますけど」

「それも流さんらしいわね」

「いっぷくお茶を飲んでもろたら、簡単でええのでこれに記入してもらえますか」

「探偵依頼書。本格的じゃない。ちょっと緊張する」

　ローテーブルに置かれたバインダーを茜が手にした。

「パソコン使うて新しいのに作り替えたんです。茜さんが第一号」

「光栄の至りってとこか。やっぱりちゃんと淹れたお茶って美味しい。うちで飲むのとぜんぜん違う。苦過ぎないし、へんなあと口もなくて、すっきりしている」

「よかった。茜さんにへんなお茶出したら、お父ちゃんに何言われるか分かりません」

　こいしが二煎目のお湯を急須に注いだ。

「どうしよう。いちおう父の依頼なんだけど、捜して欲しいと言ってるのはわたしだから、わたしの名前でいいよね」

「はい。お父さんの名前も横に書いといてくれはったらいいですよ」

　こいしは急須の茶を湯呑に注いだ。

「あれ？　九十秒待たなくていいの？」

「お茶の葉が開いてるさかい、二煎目は待たんでもええんですよ」

「勉強になるなぁ」

バインダーの横に置いた手帳に茜が素早く書きこんだ。

「さて。本題に入りますわね。大道寺茜さん。どんな食を捜してはるんですか」

「ビーフステーキなんです」

茜が改まった口調で答えた。

「どんなビーフステーキです？」

ノートを広げて、こいしがペンをかまえた。

「それがまったく分からないの。父は〈テキ〉とだけしか言わなかったから」

「依頼人は茜さんやけど、捜してはるのはお父さんの茂さんなんですよね。もうちょっと詳しいに話してもらえますか」

「父の茂はもう八十を超えたんだけど、十年ほど前から少しずつアヤシクなってきてね」

茜が自分の頭を指さした。

「八十にもなったら、誰でもちょっとぐらいアヤシイなって当たり前ですやん。よう頑張ってきはったほうやと思います」

「七十歳までは名誉職的な仕事ではあるけど、いちおう現役の教職者だったの。それまでは頭脳明晰《めいせき》を絵に描いたような人だったから、父は死ぬまで認知症とは無縁だろうと思いこんでいただけに、娘としてはショックが大きかったわ」

「そういうもんなんや。うちのお父ちゃん、大丈夫やろか。なんや心配になってきた」

「流さんはまだまだ大丈夫よ。あんな繊細な料理を作れるんだから。しょっちゅう手先を動かしているとボケないみたいよ」

「それやったらええんやけど。あんなうるさい人の面倒を一生みんならんかと思うたらゾッとしますわ」

「流さんは絶対ひとに迷惑を掛けるようなことはしないひとよ。それだけは間違いないと思う」

「ビーフステーキに話を戻してよろしい？」

こいしが遠慮がちに口を開いた。

「脱線してしまってごめん。話を続けるわね」

茜は湯呑を両手で包みこんで、ゆっくりとかたむけてから続ける。

「仕事があるから、ふだんは放《ほ》ったらかしになっているんだけど、デイサービスとか、ショートステイでお世話になってるひとたちからは、しょっちゅう父の様子を聞かされているの。ひとさまに迷惑を掛けるようなことはしていないようだけど、いつも言われるのは覇気がないこと。特に食べることにはまったく興味を示さないし、美味しいともまずいとも言わない。これが改善されればきっと、もっと生き生きとした暮らしができる。そうアドバイスされて、娘としては放っておくわけにはいかないじゃない。そうか。食か。そう言えば『料理春秋』でも、高齢者にとっていかに食がだいじか、っていう特集はよく組んでるのに、身近な父にそれをあてはめることがなかったなぁと、深く反省して、今日に至ったわけよ」

茜が湯呑を置いた。

「茜さんのお父さんのことやとは、それとのうお父ちゃんから聞いてたんですけど、ビーフステーキていう具体的な料理のことまでは聞いてへんかったんで、何をどう捜したらええのか」

こいしが頭を抱えた。

「なにか食べたいものある？　って訊いても、いつも答えはおなじ。なんでもいい。楽と言えばこれほど楽な話もないのだけれど、なんだかしっくりこなくて。そんなときに、いきなり父が口にしたの。――うまい〈テキ〉が食いたい――って。テレビの野球中継を観ているときに突然言いだしたから、びっくりした。グルメ番組とかを見てるのなら分かるけど、なんで野球を観て〈テキ〉を食べたいなんて言いだしたんだろうって」

「お父さんは学生時代に野球をやってはったとか？　甲子園とかでよう言うてはりますやん。宿舎の夕食にビフテキとトンカツが出る、て。テキにカツていう洒落やていう話」

　こいしはノートに野球選手のイラストを描いている。

「父は運動音痴だから野球なんかやってなかったと思う。スポーツは見るほう専門」

　茜が部屋の隅に置かれたテレビに目を遣った。

「むかしのひとはビーフステーキを、〈テキ〉て言うてはったみたいですね。うちのおじいちゃんも、〈テキ〉て言うてはった。ちなみにお父さんの生まれはどちらです？　関西ですか？」

　こいしがノートのページを繰ってペンをかまえた。

「生まれは広島。でも小学校に上がる前に富山に引っ越しして、島根の松江とか、大阪の堺《さかい》とか、三重県の四日市だとか、最終的に横浜に定住するまで十カ所ほども転居したみたい。そうそう、短いあいだだけど京都にも住んだことがあった。祖父も教育関係の仕事をしていたから、きっと何度も転勤して、父もそれに付いて行ったのだと思う」

「そうかぁ。学校の先生も偉いさんはたいへんなんや。場所が多すぎてあんまりヒントにはならへんかなぁ。分かる範囲でええんで、いつごろ何処《どこ》に住んではったかを書いてもらえます？」

バインダーに白紙をはさみこんで、こいしはそれを茜に手渡した。

腕組みをして考えこんだり、天井に目を遊ばせて記憶をたどったりしながら、茜は地名と年代を書きこんでいる。

「なにかの参考になるかもしれないから、そのときのトピックも少し書きこんでおくわね」

「そうしてもろたら助かります。お父さんの履歴書みたいな感じでお願いします」

こいしが茜の手元を覗きこんだ。

「いっそ、うちの雑誌でステーキ特集を組もうかと考えたの。いろんなお店のステーキを取材すれば、そのなかに父が食べたがっているステーキがあるかもしれないでしょ」

書き終えて、茜がこいしにバインダーを返した。

「ナイスアイデアですやん。肉ブームやさかい、きっと『料理春秋』も売れるやろし一石二鳥やわ。茜さんもあちこちのお店へ取材に行って、いろんなステーキを試食できる。一石三鳥ですね」

「でも、現実はそう甘いもんじゃないのよね。うちは編集部の人数も少ないから、外部のライターやカメラマンさんに仕事を委託するんだけど、真っ当な仕事をしてくれる人って限られてるの。何を書いてるのか分からないライターとか、ひとりよがりの気取った写真ばかり撮るカメラマンとか。ギャラなんか払いたくない、って思うことはしょっちゅうよ」

茜はゆがめた顔をこいしに向けた。

「そうなんですか。うちなんかは、美味しそうやなぁと思うて雑誌見てますけど、そういうたら、お父ちゃんはぶつぶつ言うてはるなぁ」

「でしょ？　いつ流さんが広告の出稿を止《や》めるって言いだすか、毎号はらはらしてる。特にこの前の号の寿司《すし》特集なんかひどかった。恥ずかしくて編集長の名前を油性ペンで消したかったくらい」

「それでステーキ特集は順調に進んでるんですか？」

放っておくと茜の愚痴を聞き続けなければならないと思ったのか、こいしがさらりと話を本筋に戻した。

「会議に掛けたらみんな大賛成だったんだけど……、止めちゃった」

茜が小さくため息をついた。

「なんでですの？　絶好のチャンスやのに」

「公私混同っていう言葉が頭に浮かんだ。動機が不純だしね」

「そらそうやけど」

「そんなことに自分の雑誌を使うより、流さんに頼んで捜してもらうほうがいいと思ったの。そうすれば流さんとこいしちゃんにも会えるしね」

身を乗りだして、茜が目を輝かせた。

「ありがたいことです。問題は、お父さんが食べたいと思うてはるステーキですね。ステーキのレシピなんて何千、何万とあるやろし、どんなんを食べたいと思うてはるか、どうやって捜したらええか。なんぼお父ちゃんでも雲つかむような話と違うやろか。なんかもうちょっとヒントがないとなぁ」

ソファにもたれかかって、こいしが首をひねった。

「そうだよねぇ。でも、ほんと、なにも分からないの。どんな〈テキ〉が食べたいの？　って、いちおう聞いてみたんだけど」

「あきませんでしたか」

茜が首を横に振ると、こいしは肩を落とした。

「ヒントになるかどうか分からないけど、父はむかしから濃い味のものが好きだった。お寿司よりすき焼き。かやくご飯より焼飯、ざるそばよりラーメン、っていう感じだったわね。母の好みとは正反対だった」

「おとこの人はたいていそうですけどね。うちのお母ちゃんも、じょうずに合わしてはったけど、ほんまはこってりしたもんは苦痛やったんと違うかなぁ」

「うちもおなじ。外食のときでも、母は自分から何か食べたいとかって絶対に言わなかった。さもそれが当然のように」

「今の時代に生まれてよかったなぁ、てつくづく思いますわ」

「そうかしら。もしかしたら、母の時代のほうがしあわせなのかもしれない。ときどきそう思うことがある」

茜がぼんやりと宙を見つめると、こいしもおなじようなところに視線を浮かべた。

「それはええとして、さあて、お父さんの捜してはる〈テキ〉や。このままやったら、めっちゃ難問になりそうやな。ほんまになにかないんですか？　手がかりになるようなこと」

しばらくの沈黙が続いたあとにこいしが訊いた。

「わたしが子どものころ、というか大学を卒業するころまで、父は本当に忙しくしていて、家で一緒に食事をすることはほとんどなかった。父がリタイアしてからは、逆にわたしが家でご飯を食べることがなかったから、食に対する父の好みやなんかはほとんど知らないに等しいのよ。父と食のことを話した記憶もないし。ただ一度だけ……」

「一度だけ、なんです？」

こいしはペンを持つ手に力を込めた。

「食いもののことを書く仕事をするんだったら、その土地のことをだいじにしろ、と言われた。身土不二《しんどふじ》っていう言葉を忘れるな、ってね」

「ヒントになるような、ならへんような、やけど、お父ちゃんもおんなじことをよう言うてはるから、手がかりになるかもしれません」

「そうそう、もうひとつ思いだした。なんのためだか未《いま》だに分からないんだけど、母は父さんの食日記みたいなものをずっとつけていたの。大学ノートで二十冊くらいあるかなぁ。あまり役には立たないと思うけど、いちおう送っとこうか？」

「お願いします」

「しつこいようだけど、たぶんヒントにはならないわよ」

「なんでです？　手がかりがいっぱいある思いますけど」

「父の夕食って、ほぼ百パーセント外食だったの。だからそのノートにもね、――夕食（外食宴席）としか書いてないわけ。日記を書く意味ないじゃん、って突っこみながら読んだんだけど。たぶん母はMね。父さんに言われるまま、尽くしていることでカタルシスを得ていた」

「うちのお母ちゃんもよう似てたと思いますけど、Mっちゅうのとは違うような気がします。茜さんがそう感じてはったんやとしたら、それは違う、てよう言いませんけど。二十冊のノートに賭けるしかないですね」

吹っ切れたように言って、こいしはノートを閉じた。

「あとは流さんの推理力に頼る」

「そういうことですやろね」

不本意だと言わんばかりに顔をしかめて、こいしが腰を浮かせた。

ふたりが廊下を歩いて戻ると、流の笑い声が食堂から聞こえてきて、こいしは思わず茜と顔を見合わせた。

「えらい愉しそうやね」

食堂に戻ってこいしが流の肩をはたいた。

「大道寺はんの話がおもしろうてな。よう笑わせてもらいました」

言葉どおり、流は目じりの笑い涙を指で拭っている。

「いや。おもしろいのはあんたのほうだ」

茂は目尻のしわを深くして、覇気のある声を出した。

ふたりのやり取りを聞いて、茜は目を白黒させている。

新幹線に乗っているあいだはもちろんのこと、ふだんの暮らしのなかでも、茂がこれほど表情を明るくすることは皆無といってもいい。加えてこの張りのある声は現役時代をほうふつさせる。いったい茂になにが起こったのか。

「ほんで、肝心なことはあんじょうお聞きしたんか」

流がこいしに顔を向けた。

「聞かせてもろたんは、聞かせてもろたんやけど」

こいしが声のトーンを二段階ほど落とした。

「むずかしい捜査をお願いして申しわけありません」

茜が深く頭を下げた。

「なんの捜査か分からんけど、せいだい気張って捜させてもらいますわ。お父さんからも事情聴取させてもろたぁるさかい、なんとかなるやろ」

流は茂の横顔に目を向けた。

「捜しものが見つかったら連絡くださるんですよね」

「だいたい二週間くらいでお父ちゃんが捜してきはるんで。茜さんの携帯に連絡させてもらいます」

「誰が何を捜しているんだ？」

茂が眉をあげた。

「お父さんのだいじなもの」

茂の耳元で茜がささやいた。

「わしは失《う》せものなどしとらんぞ」

不満そうな顔をして、茂は背中を伸ばす。

ちゃんと会話が成立していることに、また茜は驚いた。

一方的に何かを主張したりすることはあっても、相手と会話のキャッチボールを続けることはめったにない。十年前の茂にかなり近づいたような気がする。

「今日いただいたお食事のお支払いを」

肩に掛けたトートバッグから、茜が財布を取りだした。

「探偵料と一緒にいただくことになってますねん」

「分かりました。では次回一緒に」

茜は財布をもとに戻した。

「お供呼ばんでもよろしい？」

「調子がいいようだから、散歩がてら烏丸《からすま》通まで歩くことにします。今日は四条烏丸のホテルに一泊する予定なので、そこからタクシーに乗ればいいでしょ？」

こいしの問いに茜が答えると、流が言葉をはさむ。

「まだ昼前やさかいホテルにチェックインはできひんのと違うか？」

「いつも取材のときにお願いしている『からすま京都ホテル』なので、アーリーインをお願いしてある。この時間ならもう大丈夫だと思う」

腕時計を見て、茜が流に笑顔を向けた。

「やっぱり東京の人はスマートやなぁ。無駄のないようによう考えてはるわ」

「正確には東京じゃなくて横浜だけどね」

茜がいたずらっぽい笑みを浮かべた。

「神奈川県横浜市神奈川区片倉一丁目三十四。百合子、住所は正確に言わんといかんぞ」

武骨な顔つきで茂が住所を口にすると、三人は驚いた顔を見合わせている。

「なんだかよく分からないけど、とにかく行きますね」

またしても母と混同しているようだが、茂は住所を正確に記憶している。茜は苦笑いを左右にかたむけながら、茂の腕を引いて店の外に出た。

「荷物は駅にあずけてはるんですか？」

茜が右肩に掛けるトートバッグは、ふたりが一泊する荷物としては小さすぎる。こいしが不思議そうに訊いた。

「キャリーバッグは宅配便でホテルに送っておいたの」

「東京、いや横浜の人はどこまでもスマートやなぁ」

正面通を西に向かって歩くふたりの背中に、こいしが笑い声をかけた。

ふたりを見送って店に戻った流は、すぐにこいしに訊いた。

「ものはなんやった？」

「〈テキ〉て言うてはったらしいから、ビーフステーキやと思う」

「どんなビフテキや？」

「それがさっぱり」

カウンターに腰かけて、こいしがノートを開いて見せた。

「なんや、わけの分からん絵ばっかり描いとるなぁ」

隣に座って、流が眉間にしわを寄せた。

「せやかて、茜さんの話聞いてたら、こんなんくらいしか浮かばへんかったんやもん」

頬をふくらませたこいしが唇をとがらせた。

「あっちこっちに転居してはるんやなぁ。こらほんまに難問や」

頭を抱えると、こいしが立ちあがって流の肩を二、三度叩いた。

「大丈夫。名刑事やったお父ちゃんやったら絶対捜せるって。お父さんからも直接いろいろ聞いたんやろ？」

「聞いたけど、食いもんの話はいっさいしとらん。昔の思い出話ばっかりやったわ」

「そこからヒントを探しだすのが、お父ちゃんの得意技やんか」

「こいしはほんまに調子のええやっちゃ」

苦笑いを浮かべて流はノートを繰った。

2

一気に季節が進んだ。前回の京都行では半袖でも蒸し暑く感じたのに、今回は長袖のジャケットでもまだ肌寒い。ダウンとまではいかないものの、ウールを重ね着してもちょうどいいくらいだ。

茂にはツイードのジャケットの下に、ウールのベストを着せた。いちおうマフラーも持ってきてはいるが、そこまでは要らないような気温である。

茂の症状は京都を離れた瞬間からまたもとに戻った。

『鴨川食堂』からあのまま回復してくれるのかと思ったが、さすがにそれは甘かった。新幹線のなかでも、起きているより眠っている時間のほうが圧倒的に長かった。京都駅に着く寸前に起こしても、これからどこへ行くのか、まったく覚えていない。乗車前には何度も伝えたにもかかわらず、だ。

『鴨川探偵事務所』でどんな結末が待ち受けているのか。茜には愉しみより不安のほうが大きい。

　JR京都駅八条口から乗りこんだタクシーは、前回とおなじ道筋をたどって、『鴨川食堂』の前で停《と》まった。

「こんばんは」

　前回と異なるのは日が暮れかける時間の訪問だということだ。

「ようこそおこしやす。思うてたより早かったですね」

　こいしが出迎えた。

「ごめんなさいね、こんな遅くから」

　茜は茂の背中を抱えるようにして店に入った。

「またお会いできて嬉《うれ》しいです」

　出迎えて、流が茂の右手を両手で包みこんだ。

「以前にもお会いしましたかな」

　首をかしげながら茂が手を握り返すと、流は苦笑いしながら、もう一度手に力を込めた。

「ごめんなさいね。失礼なこと言って。お父さん、二週間ほど前にお会いしたばっかりじゃないの。美味しいものもたくさんいただいたし」

「気にせんでええ。お年寄りはむかしのことをようけ覚えてはるから、最近のことは頭に残らへんのや」

「失礼した」

茂が帽子を取った。

「それより、お父さん、お腹減ってはるでしょ。すぐに用意しまっさかい、ちょっと待っとぉくれやっしゃ」

表情を固くして、流が厨房に急いだ。

「そう言えば腹が減ったな」

茂が腹を押さえた。

流の提案で、空腹状態にするため昼食を抜いてきた。茂がいつそのことに不満を言いだすかと案じていたが、何も言わずに京都までたどり着いた。空腹であることにさえ気付かないのか。流が捜しだしたというステーキに反応できるか、茜の不安は募るいっぽうだ。

「お父ちゃんがこないに緊張してはるのは、はじめて見ました。失敗は許されん、て昨日はほとんど寝てはらへんと思いますよ」

背伸びして厨房に目を向けたこいしは、茜の耳元で声を低くした。

「面倒なことをお願いしてごめんなさいね。流さんにも申しわけないことしたと後悔してる」

茜は半分本気でそう思っている。

「そんなこと言わんといてください。お父ちゃんも茜さんのお父さんのことやから、全力投球しはりましたし。やっぱりお父ちゃんにとって、茜さんて特別な人なんやなぁて、妬《や》いてしまいましたわ」

こいしの言葉のほうが本気度は高そうだ。

「メシはまだ出てこんのか」

怒ったような口調で、茂が大きな声をあげた。

「すんまへん。もうすぐ肉が焼けまっさかい、もうちょっと待っててくださいや」

茂に負けじと、厨房のなかから流が大声で応酬した。

「やっかいな客でほんとうにごめんなさいね」

茜は平身低頭している。

「こいし、ライスを先に持っていってくれ」

流が暖簾のあいだから顔を覗かせると、こいしは小走りで厨房に向かった。

厨房からは肉を焼く音と一緒に、芳《こう》ばしい香りが漂ってくる。鼻をひくつかせて、茂がごくりと生つばを吞んだ。茂が食べたいと望んでいた〈テキ〉が本当に出てくるのだろうか。茜は胸を高鳴らせながらも、少なからず疑問も抱いている。

自分で依頼しておいて言うことではないが、何も具体的なことに触れていないのに、はたして捜しだすことができるのだろうか。向かい合って座る茂の顔色を茜は何度もうかがっている。

「お待たせしてすんませんねぇ。先にご飯をお持ちしました」

赤いチェックのランチョンマットを向かい合わせに二枚敷き、丸い洋皿に盛られたライスをその上に置いた。

「さあさあ、焼き上がりましたで。鉄板が熱ぅなってまっさかい、火傷せんように気ぃ付けとぉくれやっしゃ」

木皿の上に載った楕円形《だえんけい》の鉄皿からは、もうもうと湯気があがり、焼けた肉の脂がパチパチとはぜている。

「お父さんのほうは切ってあるんで、お箸で食べてください。茜さんはナイフで切りながら食べてもろたほうがええと思います」

こいしがそれぞれに箸とナイフ、フォークを添えた。

「熱いうちにどうぞ」

こいしと流は早足で厨房に戻っていった。

「いただきます」

茜が手を合わせてカトラリーを手にすると、茂は箸を持つ手を肉に伸ばした。

鉄皿にはローストしたタマネギが敷かれていて、その上には絵に描いたような形のステーキが載っている。肉の真ん中にはレモンスライスとバターがトッピングされていて、ふるき佳《よ》き洋食といった風情を醸しだしている。

バターをまぶした肉をライスに載せ、箸で口に入れたあと、茂がボソッとつぶやいた。

「こいつは旨いな」

ホッと胸をなでおろした茜はナイフで切った肉にレモンを押し付け、バターを絡ませてからフォークで口に運んだ。

肉ブームと言われて久しい。都内に肉料理専門店がオープンするたびに足を運んでは、試食を続けてきた。どれほどの期間熟成させたか、何度でどれくらいの時間加熱したか。まるで理科の実験のように数字を並べて、料理人たちは饒舌《じょうぜつ》に語る。

仕事柄、口が裂けても言えないのだが、いつも、それがどうした、と思ってしまう。料理を数値化してしまえば、やがてＡＩに取って代わられる。そんな簡単な理屈にも気付かないのか、数字重視の傾向は強くなるばかりだ。

　おそらくはかれらから一番遠いところに居るのが流なのだろう。肉を美味しく焼く。ただただその一心で調理したに違いない。見た目は武骨だが、噛みしめるほどに味わい深く、それは胃袋から心へと、じわじわ沁《し》みわたっていく。

「こいつは旨いな」

　茂がまたおなじ言葉を繰り返した。百五十グラムほどあっただろうステーキは、もう残り少なくなっている。

「お父さんが食べたいって言ってた〈テキ〉はこれだった？」

　茜の問いかけに、しばらく無言で肉を噛みしめていた茂が、箸を置いて、こっくりとうなずいた。

「流さぁん。ちょっとこっちに来てくださる？」

　いきなり立ちあがった茜が、厨房に向かって大声でさけんだ。

「どないしたんや。なんぞまずいことでもありましたかいな」

　厨房から飛びだしてきた流は、タオルで手を拭いながら、怪訝《けげん》な顔つきで茜に訊いた。

「その逆よ。お父さんが言ったの。これが食べたかった〈テキ〉だって。ありがとう流さん」

　嬉しさのあまり、茜が流に抱きついた。

「そうでしたか。それはよろしおした」

　茜に抱かれたままの流は、引きつった笑顔を茂に向けた。

「よかったですね」

　白けた顔のこいしが傍らに立った。

「こいしちゃんもありがとう。父さんもこれでもっと元気になってくれると思う」

　目に薄らと涙を浮かべて、茜がこいしに頭を下げた。

「捜してきはったんはお父ちゃんやし、うちはなんにもしてしません」

　こいしは、しれっとした顔で茜から視線をそらせた。

「きれいに食べてくれはっておおきに。ありがとうございます。足りなんだんと違いますか？　お代わりをお持ちしまひょか」

　皿のライスは半分近く残っているが、茂の鉄板からは肉がすべて消えてしまっている。

「そうだな。もう少しもらうか。いや、やっぱりやめておくか」

　茂が迷っているのを見て、茜が口をはさんだ。

「それくらいにしておいたほうがいいんじゃない？　それより、流さんがどうやって、お父さんが食べたかった〈テキ〉を捜してこられたか。そのお話を聞かせてもらいましょうよ」

「まぁ、そない急《せ》かさんでもええがな。お父さんにはもうちょっと〈テキ〉を食べてもらおと思うてる」

流はこいしに目で合図を送った。

「そんなに食べられるかしら」

「食べるかどうかを決めるのは百合子じゃなくてわしだ」

茂が口をへの字に結んだ。

「次はこいしが肉を焼きよるさかい、そのあいだにこの〈テキ〉の話をしとくわ」

茜の横にパイプ椅子を持ってきて流が腰をおろした。

「お願いします」

神妙な顔つきで、茜が流のほうに身体《からだ》の向きを変えた。

「茜が書いてくれた、お父さんの履歴書っちゅうか、経歴と、お母さんの百合子はんが書き残してはったノートを突き合わしてみて、ひょっとすると、これやないか、というのを見つけたんや。それがこれや。——銀の祝。町内のレストラン——て、百合子はんがメモしてはる。茜が言うように、ほとんど毎晩のように茂はんは会食してはったから、珍しいことやったんやろ」

流がタブレットに写真を映しだして見せた。

「銀婚式のお祝いってこと？　でも町内なんだ。父さんらしいわ。そのころってどこに住んでたのかなぁ」

「それも百合子はんのノートと経歴を突き合わせて分かった。京都市上京《かみぎょう》区南上善寺町。千本今出川《せんぼんいまでがわ》の近くや」

地図アプリを開いた流が、地図のマークした地点を指さした。

「いわゆる西陣《にしじん》って辺りね。こんなとこに住んでたんだ。わたしは東京の大学に入って下宿していたから、京都の家はぜんぜん知らないのよ」

「さっき、茜は町内の店やて、バカにしたように言うとったけど、京都っちゅうとこは、こういうとこにこそ、ええ店があるんや」

「バカにしたわけじゃないわよ。でも、銀婚式のお祝いだったら、ホテルだとか遠くの名店とかに連れて行ってあげなきゃ、と思った。お気を悪くされたのなら謝りますけど」

「今は別の場所に移転しはったけど、そのころはここに『ビフテキスケロク』っちゅう洋食レストランがあったんや。店の名前どおりビフテキが名物で、さっき食べてもろたんは、シェフからレシピを聞きだして、わしが再現したもんなんや」

「なるほどねぇ。理路整然としてる。さすが流さんの推理だ。ねぇ父さん」

茜が話を振っても、茂はなんの反応も示さず、ぼんやりとした顔つきで天井を見上げている。

「京都っちゅうとこはな、店は移転しても料理はほとんど変えへんもんなんや。金閣寺の近くに移転しはった『ビフテキスケロク』はんも、お父さんらが食べはったんと、おんなじ〈テキ〉が今でも食べられる」

流がビフテキの写真をタブレットに映しだした。

「ずっと続けておられるお店もすごいけど、レシピを聞いて忠実に再現できる流さんも、やっぱりすごいわ。食欲旺盛な父さんを久しぶりに見た気がする」

「そろそろ焼きあがるんやけど」

こいしが暖簾のすき間から顔を覗かせた。

「こっちはいつでも大丈夫や」

「わたしは少しでいいからね。これ以上太ったら大変だから」

「そうはいかんのや。今から出す〈テキ〉は大きいなかったら美味しない。残してもかまへんから、まぁ食べてみ」

こいしが両手にふたつの洋皿を持って厨房から出てきた。おそらくニンニクだろうが、さっきの〈テキ〉とは比べものにならないくらい強烈な匂いだ。

「どうぞ召しあがってください」

こいしがテーブルにふたつの皿を置いた。

「これはまたすごい迫力ね」

分厚い〈テキ〉は大きさも半端ではない。さっき食べた上品なビフテキとはまったく別ものだ。一枚肉に切りこみが入っていて、それはまるで手のひらのようだ。以前に取材したことがある〈とんてき〉だ。三重県の四日市の名物のはずだ。いっとき四日市に住んでいたことと話がつながるのだろうが、なぜ流はこの武骨な〈テキ〉を出してきたのか。それよりなにより、小さなポーションとは言え、さっきビフテキを食べたばかりの茂には負担でしかないだろう。

せっかく百合子との思い出につながる〈テキ〉と出会えたのに、こんな料理が出てきたら、あと味が悪くなるだけではないか。茜は茂の様子をうかがった。

さっきまでの茂とは別人のように背筋を伸ばし、現役時代とおなじような姿勢で両腕を組んだまま、じっと〈テキ〉を見つめている。

そんな茂がどういう反応を示すのか、三人は固唾《かたず》を呑んで見守っていた。

やがて茜に微笑《ほほえ》みを向けてから、茂はおもむろに口を開く。

「あのころはこれぐらいの肉をぺろりと平らげたものだが、もうこの歳《とし》になれば、半分も食えそうにないな。百合子はどうだ？　おまえなら食えるだろう」

茂が顔を向けると、茜がすぐさま言葉を返す。

「わたしはあなたの娘の茜よ。母さんはとっくにこの世から……」

茜の口元を手のひらで覆い、流が静かに首を横に振った。

「なんでもいいから食べなさい。思い出の味だからな」

茂は手を合わせてから箸を取り、〈テキ〉を切りこみから割って、ゆっくりと口に運んだ。

流にうながされ、茜は仕方なくといったふうに、茂とおなじようにした。

「どうだ。懐かしいだろう。あのときとおなじ味だ」

「ほんとそうですね」

茜は百合子になろうと決めた。

「百合子にはずいぶんと寂しい思いをさせたが、これからは、その埋め合わせをせんと。まずはあのときの約束を果たさんといかんな」

「約束ってなんでしたっけ」

「なんだ。覚えとらんのか。百合子が言いだしたんじゃないか。世界一周する船旅に連れて行ってくれと。それも豪華客船でと付け加えて」

「遠いむかしの約束を、よく覚えていてくださいましたね」

自然と口をついて出た自身の言葉に、茜は胸をつまらせた。

「忘れるもんか。この〈テキ〉を食いながら百合子が言いだしたときは、びっくり仰天したな。あのころは自分がどこまで出世できるか、まったく分からんかったから」

茂は千切りキャベツと一緒に〈テキ〉を口に運んだ。

「わたしは信じていましたよ。あなたならきっと」

茜は声色まで使って、百合子になり切っている。

「あの日は銅婚式だったが、金婚式にはかならず、と約束してしまったんだな。おまえの喜びようは尋常じゃなかった。家のことはすべてわたしが守りますから、茂さんは仕事に専念してください。百合子がそう言って、そのとおりに今日まで続けてきてくれたから、わしもなんとかここまで来られた。ほんとうにありがとう。心から礼を言うよ」

中腰になった茂は、目に涙を浮かべて頭をさげた。

「茂さんらしくないですよ。いつものようにえばっていてくださいな」

ひと筋の涙が頬を伝う。ほんとうに百合子が乗り移ったのではないかと茜は思った。

「おまえにはずいぶんと寂しい思いをさせてきた。その時間はもう取り戻せんが、せめてもの罪滅ぼしに約束を果たそうと思っている」

ひょっとしてなにかが憑依《ひょうい》しているのではないか。そう思ってしまうほど、近年の茂とはまったくの別人に見える。言っていることもまともだし、口調もたしかだ。生き生きとした表情、胸を張った姿勢も八十を超えた老人にはとても見えない。

「そうだ。たしか茜が旅行雑誌の仕事をしているはずだから、あの子に手配をさせよう」

「違いますよ。茜が編集長をしているのは料理雑誌。旅行雑誌じゃありません」

茜は泣き笑いをしている。

「うちのお客さんに『飛鳥《あすか》Ⅱ』っちゅう豪華客船の船長はんがやはりますさかい、あんじょう頼んどきますわ」

流も話の流れに乗った。

「それはありがたい。港はすぐそこだから、船長さんもよく来るんだろう」

ここが四日市だと思っていることに、ホッとしてしまう茜だ。

さらに驚くべきは茂の食欲だ。大きな〈とんてき〉が半分以上減っている。

「〈テキ〉の量が多いさかい、ぜんぶ食べてもらわんでもよろしいで」

流がそう言うと、茂は首を横に振った。

「これくらいは食べんといかん。船旅では毎日旨いものがたくさん出てくるらしいからな。腹をきたえておかんと」

「無理してお腹をこわさないでくださいよ。長い旅に出ないといけないのですから」

「そんなことは百合子に言われんでも分かっとる」

茂は意地になったように〈とんてき〉を食べ続けている。

「豪華客船で世界一周やなんて、うちらには夢のまた夢です。うらやましい限りですわ」

こいしが茂に茶を淹れた。

「旦那さんにお願いしておきなさい」

「残念ながらまだひとり身なんです」

「それはいかん。早くいい人を見つけて結婚しなさい。夫婦というのはいいものだよ」

茂とこいしのやり取りを聞きながら、驚くとともに茜は少しばかりの疑いも持ちはじめた。

　こんな真っ当に会話が成立するということなら、ひょっとして茂はボケたふりをしていただけではないのか。

　たえず一緒にいるわけではないが、茂がこれほどまともな対話をするのを聞いたことがない。野球のキャッチボールにたとえれば、投げて返してが二度続けば上等だと思っていた。それがどうだ。ずっとキャッチボールが続いているではないか。

「トイレはどっちだ」

　茂が腰を浮かせた。

「こいし、ご案内せい」

　こいしは茂の背中を抱えるようにして食堂から出ていった。

　その背中を見送ってから、茜は流に向き直って腰を折った。

「まいりました。流さんはドラマのディレクターでもあったのね。最後にこんなどんでん返しがあるとは思ってもいなかった」

　茜は涙でマスカラを滲《にじ》ませて目の周りを黒く染めている。

「お母さんのノートにあった、銀の祝っちゅうのが大きいヒントになったわ。銀があるんやったら銅もあるはずや、と遡ったら見つかった。それが四日市に住んではるときやった。銀婚式のときは京都のステーキ屋はんやったが、銅婚式は四日市の中華料理屋はんやった。なるほどと思うたんや」

「なぜ？　中華料理屋さんにステーキはないでしょう」

茜が訝《いぶか》しんでいる。

「お父さんが、旨い〈テキ〉を食いたい、て言わはったんは、テレビで野球を観てるときやていうのもヒントになった。さっきの〈とんてき〉やけど、なんかに似てへんか？」

「手のひら？」

「野球のグローブやがな」

「わかった。思いだした。そうそう、四日市の〈とんてき〉って、通は〈グローブ〉って言うんだよね。自分で記事を書いておきながら、ぜんぜん結びつかなかった。今になってそう言われればつながるんだけど」

「お母さんのノートに〈豚肉のタレ焼き〉と書いてあったんを見て、〈とんてき〉のことやないかと思うた」

「さすが、としか言いようがないですね。銀婚式の〈ビフテキ〉でシャンシャン。両親にはそんな思い出があったんだ、って。ふつうはそこで終わるのに、まだ何かあるんじゃないかって、捜すのはやっぱり元刑事だからかしらね。そして、ちゃんとそれ以上のドラマを探し当てるんだから脱帽ですよ」

「銅婚式になんぞ思い出があるんやないか、とは思うたけど、金婚式に向けてそんな約束をしてはったことは、わしにも想定外やった」

「あれはほんとうのことだと思います？　父さんの妄想のような気もするけど、事実だったのかもしれない。母さんがそんな贅沢《ぜいたく》を望んでいただろうかと不思議に思うんだけど、ただひとつのわがままを言ったのだとしたら、いかにも母さんらしいとも思うし」

「神のみぞ知る、っちゅうことやな。お父さんが自責の念から、勝手に想像してはっただけかもしれんし、ほんまにそんな約束をしてはったのかもしれん」

「どっちにしても約束は果たせなかったんだから、きっと母さんは悔しかったでしょうね」

「さあ、それも分からん。お母さんがずっと付けてはった食日記からは、恨みつらみてなもんはいっさい感じんかった。お父さんの健康を気遣《きづこ》うてはったんは伝わってくるけどな」

「父さんのことで愚痴っぽいことは言ったことがなかったから、それはたしかなんでしょうけど、心底そんな一生でいいと思っていたのかしら。しあわせとはほど遠い一生だったと思うんだけど」

茜は何度も首をかしげ、深いため息をついた。

「しあわせっちゅう言葉から、どんな絵を思い浮かべるか。人それぞれや。みんながみんな、おんなじ絵を描いたらつまらんがな」

流が茜の肩を二度叩いた。

「茜、そろそろ帰るぞ」

茂が手洗いから戻ってきた。

「はいはい。お勘定を済ませてからね」

茜がトートバッグから財布を取りだした。

「探偵料もお食事代も、お気持ちに合う金額をこちらに振り込んでいただくことになってますので」

こいしがメモ用紙を茜に渡した。

「そうだったわね」

茜が折りたたんだメモ用紙を財布に仕舞った。

「お母さんが残さはったノートは宅配便で送っておきます」

「もう要らない、って言ったら母さん怒るかしら」

茜が舌を出した。

「船旅のことはわしにまかせといてください」

流が茂に声を掛けた。

「船旅？　なんのことだ。船酔いするから、わしは船は嫌いだ」

茂がむくれ顔を作ると、三人は顔を見合わせて笑った。

「今日もお泊まりですか？」

店を出たふたりにこいしが訊いた。

「ええ。いつもの『からすま京都ホテル』」

茜が答えた。

「どうぞいつまでもお元気で」

流の言葉に、茂が小さく会釈した。

「広告はまだ続けてくれる？」

「もちろんやがな」

茜の問いかけに流は笑顔を返した。

「お気を付けて」

こいしの声を背中に受けて、ふたりはゆっくりと正面通を西に向かって歩いて行った。

「ちょっと冷えてきたな」

店に戻って、流は両手をさすった。

「こういうのを、あやかして言うんかなぁ。どこまでがほんまの話で、どこからが夢物語なんか、うちにはよう分からんかったわ」

こいしがカウンター席に腰かけて、百合子が書き残したノートを積み上げた。

「しょせん人生はうたかた。どんな泡もいつかは消える。生きとることが夢物語なんや」

流が仏壇の前に座った。

「なあなあ、世界一周の船旅を約束しはったていう話。あれはほんまやと思う？　もしほんまやったらロマンチックやなぁ。夫婦ふたりで人生を振り返りながら長～い船旅する。憧れるわ。な？　お母ちゃん」

こいしが流のうしろで正座した。

「ほんまでも、お父さんの妄想でも、どっちでもええがな。そういう気持ちを持ってはったことは間違いないんやから。もしかしたら、あの世でのことを言うてはるのかもしれん」

流が線香を立てた。

「お母ちゃんも、お父ちゃんとそんな船旅したかったんと違う？」

こいしが問いかけると、写真の掬子はかすかに笑った。

第二話　春巻

1

葉山聡《はやまさとし》は、尾道《おのみち》から在来線でのんびりと京都へ向かった。新尾道から福山を経由して、山陽新幹線に乗れば一時間半ほどで着くのだが、在来線だとおよそ四時間半の長旅になる。

常に時間と戦っていた現役時代なら考えもしなかったが、時間を持て余している今

の身には、何ほどの苦痛もない。

二度乗換をし、時折り車窓から見える海に目を細めながら、遠いむかしを思いだすうち、電車は十二時半に京都駅へ着いた。

尾道に比べると少し寒く感じるが、思っていたほどではない。ダウンコートではなく、キャメルのショートコートで正解だった。

改札口を出て、京都タワーを見上げると、京都に来た実感が湧いてくる。灯台をモチーフにしたと聞いたことがあるが、なかなかよくできたデザインだ。

――食捜します　鴨川探偵事務所――

たまたま手にした料理雑誌の一行広告を見て、居てもたってもいられずやってきた京都だが、本当に捜してくれるのだろうか。いささか不安になるものの、もしダメだったら京都観光に来たと思えばいい。どうせ毎日無為に暮らしているのだから。

京都タワーを左に見上げながら、烏丸通を北に向かって歩く。編集部に教わったとおりに進めばたどり着けるだろう。

聡は物見遊山を装い、わざときょろきょろ周囲に目を配りながら、ゆっくりと歩を進めた。

幼いころから聡は傷つくことをひどく怖《おそ》れる性質《たち》だった。ただ自尊心が強いだけではなく、極端に臆病な性格だった。だから別れた妻にもプロポーズはしなかった。妻のことを思いだしているうち、目指している店らしき建家の前に着いた。

こほんとひとつ咳《せき》ばらいをして、聡はゆっくりと引き戸を横に引いた。

「すみません」

「はーい」

間髪をいれず女性の声が返ってきた。

「いらっしゃい」

黒いエプロンを着けた若い女性が出てきた。

「この辺りに『鴨川探偵事務所』というところがあると聞いて来たのですが、ご存じありませんか」

敷居をまたぐことなく聡が訊《き》いた。

「うちがその『鴨川探偵事務所』ですけど、食を捜してはるんですか？」

「なんだ。こちらだったんですか。なんだか食堂のようなので」

ホッとした顔をして、聡が店に足を踏み入れた。

「ここはお父ちゃんがやってる『鴨川食堂』。探偵のほうは奥にあるんですよ。うちが所長の鴨川こいしです」

「そういうことでしたか。食を捜していただきたくて、尾道から参りました葉山聡です」

　聡が名刺を差しだすと、受け取ってこいしがまじまじと見ている。

「『アンカー』。お店をやってはるんですか」

「小さなギャラリーをやってます。船が好きなもので、模型だとか船の絵や船舶用具などを並べて売っているんです」

「おいでやす。食堂の主人をしとります鴨川流です」

　作務衣《さむえ》姿の流が和帽子を取って一礼した。

「尾道から参りました葉山です。突然お邪魔して申しわけありません。『料理春秋』という雑誌の広告を見て、食を捜していただきたくて参りました」

「葉山はん。お腹《なか》のほうはどないです？　ちょうどお昼のお客さんが一段落したとこやさかい、おまかせでよかったらご用意できまっけど」

「いいんですか？　後先考えずに来たものですから、お昼をどうしようか迷っていたところです。お言葉に甘えさせていただいてよろしいでしょうか」

「どうぞどうぞ。うちは食堂でっさかい、食べてもらうのが仕事です。なんぞ苦手なもんはおへんか？」

「子どものころから好き嫌いなくなんでもいただきます」

「ほな、ちょっとだけ待ってとぉくれやっしゃ。すぐにご用意しまっさかい」

和帽子をかぶり直して、流が厨房に入って行った。

「どうぞお掛けください」

こいしがパイプ椅子を奨《すす》めると、ショートコートを脱いだ聡は、隅っこのテーブル席に座った。

「お酒はどうしましょ。いちおうひと通り置いてますけど」

「あまり強いほうではないのですが、せっかくですからワインでもいただけますか」

「白か赤かどっちがよろしい？」

「飲みやすい白があればお願いします」

「分かりました」

こいしも厨房に入って行き、聡はひとり食堂に残った。

尾道にもこういう大衆食堂が何軒もあったが、ほとんどの食堂はいつの間にか店仕舞いしてしまった。京都ではほかにもこんな食堂が残っているのだろうか。

飾り気のない店で目立つのは、壁掛けテレビの横の棚に設《しつら》えられた神棚だ。子どものころに神棚にいたずらをして、父親にこっぴどく叱られたことがある。それを機に神棚のお神酒《みき》や榊《さかき》を世話するのは聡の役割になった。

結婚して新居を建てたときも、真っ先に神棚の場所を決めたくらいだったが、妻は陰気だと言って、いっさい関わりを持たなかった。

思えば結婚当初から行き違うことが少なくなかった。今さら後悔しても遅すぎるのだが。

「最近は日本のワインばっかり飲んでますねんけど、けっこう美味《おい》しいですよ」

こいしが白ワインのボトルを見せた。

「〈甲州ドライ〉、辛口なんですね。日本のワインは久しぶりなので愉《たの》しみです」

聡はこいしがボトルを開ける様子をじっと見つめている。

「シャトー酒折《さかおり》ていうワイナリーなんですけど、香りもええし美味しいんですよ。飲みやすいもんやさかい、ついつい飲み過ぎてしまうのが玉に瑕《きず》ですけどね」

こいしがワイングラスに注《つ》いだ。

「ほんとうに。リンゴのような甘い香りがしますね」

聡がグラスを鼻先に近づけた。

「けど、味はけっこう辛口なんですよ」

「こいしさんはお酒が強そうですね」

「強いかどうかは分かりませんけど、飲むのは好きです」

こいしが白い歯を見せた。

「えらいお待たせしましたな」

大きな盆を両手で持って、流が厨房から出てきた。

「これはまた立派なお料理ですねぇ。失礼ながら食堂だと思って、気楽にお願いしたのですが」

流がテーブルに料理を並べると、聡が目をみはった。

「今日は小皿料理にしてみました。品数は多おすけど、量はたいしたことないんで、軽ぅに召しあがってもらえる思います」

「ボトルを置いときますよって、好きなだけ飲んでください。うちは事務所のほうで準備してきますわ」

こいしが下がって行った。

「簡単に料理の説明をさせてもらいます。左の上、織部《おりべ》の小鉢に入っとるのはフグのぶつ切りです。もみじおろしを混ぜたポン酢をジュレにして載せてます。その右の赤絵の小皿はノドグロの柚子《ゆず》塩焼き。お好みで柚子胡椒《こしょう》を付けてください。その右隣の染付皿はゴマ豆腐の天ぷら。ワサビを添えとりますんでお好みでどうぞ。右端の切子鉢は鶏《とり》ササミとリンゴの白和《しらあ》え。その下の竹籠には牛ヒレのカツを入れとります。辛《から》子《し》ソースを付けて召しあがってください。その左横の白磁の小皿はマグロの漬け。薄切りにしてミルフィーユにしてみました。刻みワサビを間にはさんでます。

その左の小さいお椀は蕪蒸《かぶらむ》しです。左端の信楽《しがらき》の小鉢はキンメダイの煮付け。小さい切身でっけど肉厚で旨《うま》い思います。その下の懐紙に包んどるのは小海老《こえび》のかき揚げ。紫蘇《しそ》塩を振って召しあがってください。その右の蓋もんの小鉢は五目おこわ。もみ海苔《のり》を振ってもろても美味しおす。右手の小さい土鍋はアワビのグラタンです。どうぞごゆっくり召しあがってください」

盆を小脇にはさみ、流は料理の説明を終えた。

「こんなご馳走《ちそう》をいただくのは生まれてはじめてです。すごい料理ですね」

聡は目を白黒させてテーブルを見まわしている。

「そないたいそうなもんやおへん。わしの気まぐれ料理でっさかい。今日は寒さもちょっとましなんで、ご飯の代わりにせいろ蕎麦《そば》を用意しとります。ええとこで声掛けてもらえますか」

「食が細いほうなので、そこまでたどり着けるかどうか自信はありませんが」

「多かったら残してもろてもええんでっせ。まぁ、ゆっくり召しあがってもろたらよろしい」

そう言い置いて、流が厨房に戻って行った。

どれから箸を付ければいいのか。聡はずっと迷っている。決まった順番でもあるのなら教えて欲しかった。やっぱり生ものから食べるべきか。それとも温かいものが先か。

迷ったあげく、聡は椀ものの蕪蒸しから食べ始めることにし、手を合わせた。

ほんのり湯気は上がっているが、まさかそれほど熱いとは思わず口に運び、あわてて吐きだしそうになった。それほどに熱々なのだ。そして、なんとやさしい味わいなのだろう。たしか京都では、こういうときに、ほっこりという言葉を使うのだ。

最初にこれを食べたのは正解だっただろう。次はやはりフグぶつだ。尾道でも先附《さきづけ》のあとは刺身。それも白身がおきまり。マグロの漬けにも魅《ひ》かれたが、瀬戸内生まれとしては、ポン酢味の白身に白ワインを合わせたい衝動が勝った。

甘みを抑えたポン酢のジュレとフグ。ついつい顔がほころんでしまう。料理を食べてこんな気分になるのはいつ以来だろう。ほとんど記憶にない。

幸か不幸か、子どもに恵まれなかったせいで、いつも、だんらんという言葉とは無縁の食事だった。

夕食のあいだはずっと妻の愚痴を聞かされ、砂を嚙《か》むような食事を紛らわすためだけのビールで胃に流しこんでいた。

きっとそれは妻もおなじだったのだろう。愚痴をこぼさないときはずっと無言で、笑顔など見せることなく、ぼそりと、――ごちそうさま――とつぶやいて箸を置く。

いやな思い出を吹っ切るように箸を伸ばしたのは牛ヒレのカツだった。竹を編んだ小さな籠に三切れのカツが入っている。盃《さかずき》ほどの小鉢に入った茶色いソースに、どっぷりと浸して口に運ぶ。

ほんとうに美味しいものは、食べたあとに言葉など出ないのだ。嚙みしめながらそう思った。

キンメダイの煮付けに箸を付けた。

ただただ美味しい。どんなキンメダイなのか、どんな調味料を使って、どう料理したのか。

それは料理を作る側にまかせればいい。食べるほうは、余計なことを考えず、ただただ無心に食べればいい。そんなことを語りかけてくる料理だ。

白ワインで喉を湿らせ、ひと息つく。まだまだ料理はたくさん残っている。食が細いなどと言ったことが恥ずかしくなるくらい、食欲をかき立てられ、完食は間違いなさそうな上に、まだお腹を鳴らしている。

鶏ササミとリンゴの白和えを食べる。鶏肉とリンゴと豆腐という、ありきたりの素材を和えただけなのに、しみじみと美味しい。そしてどこか懐かしい。

おそらくはじめて食べる取り合わせのはずなのに、子どものころに何度も食べていたような気がしてしまう。なぜなのだろう。

「どないです。お口に合《お》うてますかいな」

常滑《とこなめ》焼の急須と京焼の湯呑《ゆのみ》を持って、流が厨房から出てきた。

「口に合うなんて畏れ多い。美味しいものばかりで口が腫れそうです」

「よろしおした。お茶置いときますよって、どうぞごゆっくり」

「ありがとうございます。お言葉に甘えてゆっくりやらせていただきます」

聡はワイングラスをかたむけた。

マグロの漬けを箸で取って驚いた。透けるほどの薄切りにしたマグロが重なっているのだ。そして舌に載せるとさらに驚きは深まった。はじめて食べる食感と味わいなのだ。

世の中にこんな旨いものがあるのか。そう叫びたくなると同時に、今すぐにこれを食べさせたいと思う女性の顔が浮かび、聡はひとり顔を赤らめた。

我に返った聡は、旨いものを食べるためにここを訪れたわけではないことを思いだした。

そう言えば、事務所のほうで準備をすると言ってこいしが下がって行ったのは、ずいぶん前のことだ。

急がなくては、という思いもありながら、余韻を味わいたい気持ちもある。たしかせいろ蕎麦も用意されているはずだ。

「すみません」

思ったより大きな声が出てしまった。

「なんでした？」

「お嬢さんを長くお待たせしてしまったので、お蕎麦はもうけっこうです。うっかりしていて……」

聡が立ちあがったのを、流がやんわりと制した。

「心配要《い》りまへん。これぐらいの時間はふつうですし、食事を愉しんでもらうのも、うちの仕事ですさかいに。今すぐお持ちします」

小走りで流が厨房に戻って行った。

仕方なくといったふうに座りこんだ聡は、何でも急《せ》いてしまう自分に嫌気がさす。

「蕎麦屋やおへんさかいに、挽《ひ》きたてでも打ちたてでもありまへん。宇治のお茶を使《つこ》うた茶そばです。薬味はネギやワサビやのうて辛味大根。蕎麦つゆにこれをたっぷり入れて、茶そばを絡めながら食うてください」

せいろに載った鮮やかな緑色のそばからは、かすかにお茶の香りが漂ってくる。

「食べ終わらはったら、また声掛けてください。奥のほうへご案内します」

「急いでいただきます」

聡は中腰になって手を合わせた。

茶そばというものがあるとは聞いていたが、食べるのははじめてだ。形状こそ似ているものの、ふつうの蕎麦とはまったく別ものだ。むっちりとした食感は、ひやむぎに似ていなくもないが、味わいは異なる。何より辛味大根との相性がいい。大根おろしにワサビを混ぜた感じ、というのが一番近いか。喉越しも佳《よ》く、するすると口に入るのでいくらでも食べられそうだ。

麺一本も残さず食べ切り、聡は箸を置いて手を合わせた。

「ゆっくり食べてもろたらよろしいのに」

箸を置いた音に気付いたのか、流が苦笑いしながら聡の傍《そば》に立った。

「ごちそうさまでした。何もかも美味しくいただきました」

立ちあがった聡は少しばかりよろけた。

「大丈夫でっか」

あわてて流が肘をささえた。

「すみません。ちょっと飲み過ぎてしまったかもしれません」

聡の視線の先には、わずかしか残っていない白ワインのボトルがあった。

「段差はおへんけど、ところどころ余計なもんが置いたぁりますさかい、気ぃ付けて歩いとぉくれやっしゃ」

足もとを指しながら、ゆっくり歩く流のあとを聡がついていく。

「この写真は？」

立ちどまって、聡が両側の壁に貼られている写真を見まわした。

「なかには記念写真みたいなもんもありまっけど、たいていはわしが作った料理の写真です。わしは料理のレシピてなもんを残さへんので、写真で記録しとるんですわ」

歩を止めて流が振り向いた。

「それにしてもすごいバリエーションですね。和洋中なんでもござれってことですか」

「家内は器用貧乏やて言うとりましたけど」

流が歩きだした。

「過去形でおっしゃったのは、離婚されたという意味ですか？」

「先にあっちへ行きましたんや」

歩きながら流が天井を指さした。

「そうだったんですか。失礼しました」

聡が首をすくめた。

独り身の男性に出会うと、つい同類かと決めこむ悪いクセがついてしまった。

突き当たりのドアを流がノックすると、すぐにドアが開き、こいしが首を伸ばした。

「どうぞ」

「あとはこいしにまかせてますんで」

きびすを返して、流が食堂へ戻って行った。

「長いことお待たせして申しわけありませんでした」

部屋へ入るなり聡は深く一礼した。

「ええんですよ。愉しんで食べてもろたらお父ちゃんも喜ばはるし。気にせんと、どうぞお掛けください」

こいしがロングソファを奨めた。

「なんだか緊張しますね。さっきまで酔っぱらっていたのですが、こうして向かい合うといっぺんに醒《さ》めてしまいました」

ローテーブルをはさんで、聡はロングソファの真ん中に腰かけた。

「気楽にしてくださいねぇ。簡単でええので書いてもらえますか」

こいしがバインダーを手わたした。

受け取って聡は、探偵依頼書にすらすらと記入している。

「コーヒーかお茶かどっちにしましょ」

「コーヒーをいただきます」

こいしの問いかけに即答して、聡がバインダーをローテーブルに置いた。

「尾道から来はったんですよね。映画によう出てくるとこですやん。坂のある街て憧れますわ」

バインダーを横に除《の》けて、こいしが二客のコーヒーカップをローテーブルに置いた。

「たしかに情緒はありますが、暮らすとなるとけっこう大変なんですよ」

「イメージはええけど、実際に住んだらしんどいいう意味では、京都といっしょかもしれませんね」

コーヒーをひと口飲んで、こいしがバインダーを膝の上に置いた。

「よろしくお願いします」

聡が身体《からだ》を固くした。

「葉山聡さん。芸名みたいやけど本名なんですよね」

「はい。生まれたときから葉山聡です」

「ご家族なし、て結婚してはらへんのですか」

「いわゆるバツイチですが、子どもは居ません。姉がひとり居ますが、めったに会うことはありません。両親は早くに亡くなりました」

「なんや最近そういう人多いみたいですね。たまたまうちに来はる人がそうなんかもしれんけど」

こいしが小首をかしげてから続ける。

「どんな食を捜してはるんです？」

「春巻、だろうと思います」

聡は断定を避けた。

「記憶が不たしかなんですね。ということは、うんとむかしの話ですか」

ノートを開いて、こいしがペンをかまえた。

「僕は今六十五歳。小学三年生のころのことですから、五十年以上も前になりますか」

「春巻て中華料理のあれですよね」

「ええ。具を皮で巻いて揚げてある、あれです」

「あれを五十年以上も前に、子どもが食べてはったんや。ハイカラなおうちでしたんやね。尾道のお店でですか？」

「尾道ですけど、お店でも、うちの家でもないんです。友だちの家へ遊びに行ったとき、お母さんがおやつに出してくれたものです」

聡がコーヒーに口を付けた。

「おやつに春巻？　めっちゃオシャレですやん」

こいしはノートに春巻のイラストを描いている。

「春巻だと勝手に思っているだけで、違うものかもしれません」

「けど、春巻は春巻やしね。別のもんと間違うようなことはないと思いますけど」

「だと思うのですが」

聡はしきりに首をかしげている。

「春巻やと言い切れへんのは、なんでですやろ」

「皮なんです」

「皮？」

「春巻の皮って、薄くてパリッとしてますよね。でもあのときの春巻の皮は厚みがあって、パリッじゃなくて、サクッ、ていう感じだったと思うんですよ」

「五十年も前、しかも子どもやったのに、よう覚えてはりますやん。よっぽど美味しかったんやろなぁ」

ノートに書き留めながら、こいしが苦笑いした。

「何度もその春巻を食べましたからね。うろ覚えでも積み重なると、なんとなく記憶がよみがえってくるんです」

聡が遠くに目を遊ばせた。

「友だちのおうちは中華料理屋さんかなんかやったんですか？」

「いいえ。ふつうの家でした」

「ふつうの家やのに、子どものおやつに何べんも春巻を出してくれはった、んですね」

「ヘンですか？」

「ヘン、ていうことはありませんけど、なんかふつうとは違うなぁと」

「やっぱり記憶違いなのかな。そう言われると自信がなくなってしまいます。まったくふつうのお母さんでしたから」

「そのへんの話を詳しいに聞かせてもらえますか」

こいしがペンを握りなおした。

「小学三年生のとき、うちのクラスに転校生が入って来ましてね。長崎から来た木元《きもと》扶美江《ふみえ》という女の子が、ちょうど僕の隣の席になったんです。利発というか、ハキハキした子で、ボーイッシュな感じでした」

「うちもそんな感じやったかなぁ。よう男の子と間違われました」

「扶美江もそうでした。隣のクラスの子たちが覗《のぞ》きに来ては冷やかしていました。髪型も服装も男の子っぽかったですから」

「もしかして葉山さんは、そういうタイプの女性が好きやったんと違います？」

「分かりますか？」

聡が顔を紅《あか》く染めた。

「分かりますよ。目ぇが輝いてますもん」

「すぐに仲良くなりましてね。扶美江の家がすぐ近くだったこともあって、お互いの家を行き来するようになりました」

「お住まいはどのへんやったんです？」

こいしがタブレットの地図アプリを開いた。

「尾道の対岸にあたる向島《むかいしま》。うちの家がここで、扶美江が住んでいたのは、造船会社の社宅だったので……、ここですかね」

聡がディスプレイを指でタップした。

「向島て、尾道の対岸にあたる島なんですね」

「島と言っても、本州から二百メートルほどしか離れていません。当時橋は架かってなくて、渡し船で行き来したんですよ」

「なんや愉しそうですね。二百メートルやったら泳いで渡れそうやなぁ」

「尾道の向かいにあるから向島。子どもも心に単純な名前だなと思っていました」

「そこの社宅で、長崎から引っ越して来た扶美江さんのお母さんが、おやつに春巻を出してくれはったんですね」

こいしはノートに春巻のイラストを描き足している。

「もちろん手作りのお菓子も出してもらっていましたよ。特にカステラは扶美江の大好物でしたから」

「カステラて言うたら長崎ですもんね。手作りて食べたことないです。美味しいんやろなぁ」

「でもなぜか、春巻が一番印象に残っているんです」

聡が向かいからノートを覗きこんだ。

「その春巻ですけど、皮以外にどんな特徴があったか覚えてはりますか？　どんな具が入ってたかとか、お醤油《しょうゆ》やら辛子やらを付けて食べたかとか」

「扶美江の家の縁側で並んで食べたことだけは、はっきり記憶に残っていますが、正直なところ中の具までは覚えていないんですよ。お醤油とかを付けた記憶がないので、たぶん何も付けずにそのまま食べていたように思います」

聡はぼんやりと天井を見ながら答えた。

「まぁ、中華屋さんでも、いろんな具が入っていますし、なんにも付けんと食べることもありますしね」

こいしが小さくうなずいた。

「十回以上は食べたと思うのですが、春巻よりも扶美江との会話に夢中だったので、詳しく覚えていないんです。あいまいなことですみません」

「子どものおやつに春巻を出さはるぐらいやから、たぶんほかにもいろんなお菓子とか出してくれはったんやろね」

「だと思います。扶美江のお母さんはお菓子作りが得意で、自宅でお菓子の教室を開いたりもしていました。若いころは日本史の先生だったみたいで、人に教えることも好きだったのでしょうね」

「男の子やから甘いもんより、おかずっぽいもんがええかなと思うて、春巻を出してくれてはったんかもしれませんね」

「もうひとつ印象に残っていることがあって、春巻が出てくるときって先に分かるんです」

「どういう意味です？」

「ふだんは僕の下の名前を呼ぶことはないんですが、扶美江がお母さんに、今日は聡だよ、って言うんです。そんなときは必ずと言っていいほど春巻がおやつに出てきた。あとから気付いたことなんですけどね」

「聡さんが春巻好きやったからと違います？」

「そうかもしれません。美味しい、好物だって言ってましたから」

「今日は聡くんが来てるから、分かってるね、お母さん。春巻を出してね、っていう合図やったんでしょうね」

「きっとそうだと思います」

聡が嬉《うれ》しそうにはにかんだ。

「その春巻を今になって捜そうと思わはったんはなんでです？　差しつかえなかったら聞かせてください」

「少し話は長くなるのですが……」

「いいですよ。お話を聞かせてもらうのが、うちの仕事やさかい」

こいしはノートのページを繰った。

聡は頭のなかで言葉をつなぎ合わせるのに、しばらく時間を掛けた。

こいしがコーヒーカップをソーサーに置いたのを切っ掛けにして、聡が口を開いた。

「あとから思えば、初恋だったんです。扶美江とはその後もずっと仲良しでした。小学生のころは異性という意識はあまりありませんでしたが、中学に入ったころからは、扶美江のことを女子として好きになりました」

聡は冷めたコーヒーをなめるように飲んだ。

「初恋かぁ。いいですね。聞いてるだけでもなんや胸がきゅんとします。小学三年生から中学までやったら七年にもなりますやん。そのあとは？」

「中学を卒業すると同時に、扶美江は長崎に帰って行きました。彼女のお父さんは造船会社に勤めていて、長崎と尾道の両方に会社があったと聞きました。転勤で尾道に来て、また長崎に戻って行ったんです」

「長崎も尾道も行ったことないんですけど、どっちも絵になる街なんやろなぁ。寂しい思いをしはりましたね」

「扶美江も僕のことを好いてくれていましたから、別れがつらかったです」

「そのあとは？」

「高校に入ってからはもっぱら文通でしたが、大学に入ったときに福岡で会って、交際を申し込みました」

「すごいですねぇ。小学三年生から大学に入るまでて言うたら、十年になりますやん。初恋をそこまで貫くやなんて、よっぽど相性がよかったんですね」

　こいしはノートに大きなハートマークを描いた。

「僕たちもそう思っていましたが、やはり遠距離恋愛というのは難しいですね」

　聡が顔を曇らせた。

「結婚にまでは至らへんかったんですか？」

「僕は岡山の大学で、扶美江は長崎の大学に入りました。その中間地点の福岡で、何度かデートしましたが、交通費もかさみますし、お互いの日程をすり合わせたりしていると、月に一度会えばいいほうで、二か月、三か月と会う間隔が長くなるようになってしまって。扶美江は強い女性でしたが、僕は寂しがり屋なもので、岡山の女子大生と付き合うようになりました」

「二股交際してはったんですか」

眉を上げてこいしが語気を強めた。

「結果的にはそうなってしまいました」

「扶美江さんは気付いてはったんですか？」

「僕のほうから伝えました。ほかに好きな人ができたから別れようって」

「子どものころからずっと、十年ほども好きやった人やのに、そんな簡単に別れようって言えるもんなんですか」

小鼻を膨らませたこいしは、ハートマークを二重線で消した。

「怖かったんですよ」

聡は小さくため息をついた。

「扶美江さんがですか？」

こいしは目を白黒させている。

「扶美江がじゃなくて、扶美江にフラれるのが怖かったんです」

「そんな兆候があったんですか？」

「僕は子どものころからとても臆病な性格で、そのくせ自尊心だけは強かったんです。

扶美江は誰とでもすぐに仲良くなれる性格ですから、きっと彼のひとりやふたりできているに違いない。いつ別れを切りだされるかと、デートの度にハラハラしていました。向こうから言われる前に、こっちから言いだせば傷つかずに済む。そう思ったんです」

聡が空《から》のコーヒーカップを持ち上げた。

「お代わり淹《い》れますね」

立ちあがってこいしは、コーヒーマシンのスイッチを入れた。

「すみませんね、長くなってしまって」

「ええんですよ。男の人でもそういう考えかたしはるんや、て、ちょっとびっくりですわ」

「一般的な男性はどうだか知りませんよ。でも僕はそうでした。大学時代の友人には、ナンパに明け暮れている男も居ましたからね。百人ナンパして、九十九人断られても、ひとり当たればいいんだ、なんてうそぶいていましたよ」

「そうかぁ。千差万別なんですね。当たり前やけど」

こいしが聡のコーヒーカップを替えた。

「女性もそうでしょ。とっかえひっかえ相手を替える人も居ますし、ガードを固くして、取り付く島もないような女性も居ますし」

　聡がコーヒーに口を付けた。

「うちはどっちでもないかな」

　ソファに座って、こいしが肩をすくめた。

「別れを切りだしても、扶美江は表情ひとつ変えませんでした。落ちこむわけでも、怒るわけでもなく、あっさりと承諾したのには拍子抜けしました」

「泣いてすがって欲しかった、いうことはないんでしょ？」

「そこまでされると困りますけど、まったく反応がないというのもね。長い付き合いだったんですから」

「失礼を承知で言わせてもろたら、めっちゃ勝手な言い分やと思いますよ。たしかに表向きは平然としてはったかもしれんけど、心のなかでは泣いてはったかもしれんやないですか。自分はちゃんと次の女性を確保しといてから、別れようて言うやなんて、ひきょうや思います」

　こいしは一気にまくしたて、コーヒーをひと口飲んでから続けた。

「すみません。言い過ぎました。すぐむきになるのはうちの悪いクセですねん」

「おっしゃるとおりだと思います。ひきょうだし、勝手だし、姑息《こそく》だし、最低の男です。頬《ほ》っぺたを引っ叩《ぱた》かれても当たり前なのに、扶美江は笑って握手をしてくれました。——またいつか会えればいいね——そう言って帰って行きました」

聡は目に薄《うっす》らと涙を浮かべた。

「なんかせつない話やけど、その扶美江さんは今どないしてはるのかご存じなんですか？」

こいしがペンをかまえた。

「今年のお正月に中学の同窓会がありましてね、十年ぶりくらいに出席したんですよ。ひょっとして扶美江が来るんじゃないかと思って。そしたら姿が見えなかったので、さりげなく幹事に消息を訊いたんです」

「そこでも、さりげなく、なんや」

こいしが口もとをゆるめた。

「三つ子の魂百まで。一生この性格は直らないでしょうね。四年前の正月明けに妻と離婚するときもおなじでした。定年退職してから疎ましがられてるなと気付いた時点で、先手を打って離婚を申し出ました」

「徹底してはるんですね」

あきれたように、こいしが首を左右に振った。

「傍《はた》から見るとおなじように見えるかもしれませんが、僕のなかではまったく違います。妻と離婚したことはまったく後悔していませんが、扶美江と別れたことは、ずっと悔やみ続けています。あのときなぜ別れようとしたのだろう。その思いは長いときを経た今も変わりないどころか、年々強くなっていくように思います」

「なんか人間て複雑なもんなんですねぇ。分かるような気ぃもするし、まったく理解できひんようにも思います」

「自分で自分のことがよく分からないようになるときがありますから、そうおっしゃるのも、もっともなことでしょうね」

　聡は開き直るしかなかった。

「参考までにお訊きしたいんですけど、大学のときに二股掛けてはった女性と結婚しはったんですか？」

「ええ。ですから僕は、これまでの人生でふたりの女性としか、ちゃんとした付き合いをしてこなかったんです」

「結婚生活はけっこう長かったんですよね」

「二十六歳で結婚して、六十一歳のときに別れましたから、三十五年になりますか。浮気もせず、かと言って特に仲がいいというのでもなく、どこにでもあるようなふつうの夫婦生活でしたね」

　聡が淡々と答えた。

「それやのに別れてしまわはるんや」

「それだから、かもしれません。自分の人生の大半を、ありきたりの夫婦生活に費やしたのが、なんだかもったいないような気がしてきて。たぶん妻もおなじだったと思います。出会ったころは扶美江とよく似た性格だと思ったのですが、一緒に暮らすうちにまったく違ったことに気が付きました。でも、まぁ、そのうちに慣れるだろうと思っていましたが、結局最後まで相容《あいい》れませんでした」

　コーヒーカップを手にしたまま、口を付けることなく聡が語った。

「お互いに不満に思いながら、結婚生活を続けてはったということですか？」

「不満というほどでもありませんが、お互いにどこか満たされない思いだったのは、間違いありません」

「夫婦てそんなもんなんですかねぇ」

　こいしが深いため息をついた。

「同窓生やら会社の同僚たちと話したときも、たいていそんな感じでしたね。どこまで本当のことを言っているか分かりませんが」

「そうそう。さっきの続き。扶美江さんは今どこでどうしてはるか、分かったんですか？」

こいしがあわててノートのページを繰った。

「残念ながら、幹事は消息不明だと言ってました。中学のときに仲良しだった女性に訊いてみたのですが、結婚はせずに長崎のどこかに居るはずだ、くらいしか分かりませんでした」

聡が力なく肩を落とした。

「長崎の家のこととかは、扶美江さんから何も聞いてはらへんかったんですか？」

「扶美江が長崎に戻るとは思っていなかったし、その後デートしたのも福岡だったので、詳しくは聞いていません。ただ、家の近くに蛍が居る、という話は何度か聞いた記憶があります」

「長崎で蛍ですか。ロマンティックやなぁ」

こいしがノートに蛍の絵を描いた。

「長崎という街とイメージが合うような合わないような、だったのでそれ以上のことは」

聡が口をつぐんだ。

「ただ春巻を捜すだけやのうて、ほかにも目的があるんと違います？」

こいしがそう言うと、聡は二度ほど咳ばらいをした。

「すでにお分かりだろうと思いますが、もう一度扶美江に会いたいと思っているのです。そして彼女がまだ独身でいるのなら、この歳《とし》になってお恥ずかしい話ですが、むかしのように付き合いたいと」

最後は消え入るような小さな声で聡が答えた。

「お話を伺《うかご》うてて、なんとなくそうやないかなと思うてました。つまり春巻を捜すということは、扶美江さんの消息をたしかめることなんですね」

「違います。そうじゃないんです」

「どこが違うんです？」

「もしも扶美江の居場所が分かったら、あのときの春巻を手土産にして、会いに行きたいんです。僕がずっと扶美江のことを忘れずにいた証《あかし》として」

聡は顔を真っ赤に染めてこぶしを握りしめている。

「分かりました。なんとかお父ちゃんに捜してもらいます」

「よろしくお願いします」

立ちあがって、聡が深く腰を折った。

　ふたりが食堂に戻ると、新聞をたたんで流が立ちあがった。

「あんじょうお聞きしたんか」

「たっぷり聞かせてもろた」

「長い時間お付き合いいただき、ありがとうございました」

　聡がこいしに向かって頭を下げた。

「よろしおした」

「だいたい二週間でお父ちゃんが捜して来はる思うんで、そのころに連絡させてもらいます」

「どうぞよろしくお願いいたします。そうそう。今日いただいたお食事の代金を」

　聡が財布を取りだした。

「探偵料と一緒にいただくことになってますんで、今日のところはけっこうです」

　流の言葉に何かを言い掛けて、聡はそれを呑みこんだ。

　もし見つからなかったらどうなるのか。そう訊こうとして聡は思いとどまったのだ。

　店を出た聡は正面通を西に向かって歩き、一度も振り返ることなく、烏丸通を南に折れた。

「何を捜してはるんや」

店に戻ってすぐ流がこいしに訊いた。

「春巻なんやて」

こいしはダスターでテーブルを拭いている。

「なんや、えらい気のない物言いやな」

「そうかて、身勝手なこと言うてはるんやもん。捜さんほうがええような気がするわ」

こいしはテーブルを拭く手に力を込めた。

「ええとか悪いとかやない。わしらは捜してはるもんを捜すのが仕事や」

「分かってるんやけど」

手を止めて、こいしが口を尖《とが》らせた。

「分かっとったら、早《はよ》ぅノートを見せてくれ」

険しい顔つきをして急《せ》かす流に、こいしは憮然《ぶぜん》とした表情でノートをわたした。

2

期待と興奮で眠れぬ一夜を明かした葉山聡は、新尾道から山陽新幹線で京都へ向かった。新幹線にしたのは気持ちが前のめりになっていたからである。

一刻も早くあの春巻と再会したい。

そんな気持ちを表すように、小走りになった聡は京都駅から烏丸通を北へ上り、正面通を東に向かって進んだ。

「こんにちは」

引き戸を開けると、すぐに流が姿を現した。

「おこしやす」

茶色い作務衣を着た流が和帽子を取った。

「お電話ありがとうございました。今日はよろしくお願いします」

聡が頬を紅潮させているのは、寒さのせいでも、急いだせいでもない。ひどく気持ちが高ぶっているからだ。

「そのむかしに召しあがってはったように、料理っちゅうより、おやつとして食べてもろたほうがええやろさかい、たいしたことはせんことにしました。お友だちのおうちへ遊びに来た、いう気分で待っとってください」

流の言葉に、聡はだまってうなずいた。

流が厨房に戻って行くと、聡の胸の鼓動はいっそう早く、強く打つようになった。それはちょうど半世紀以上も前に、初めて恋心を抱いたときとおなじだ。

今はどんな容貌になっているのだろうか。大学生のときに別れたころを思い浮かべ、聡は口もとをゆるめた。

「お待たせしましたな。捜してはったんはこんなんと違いましたかいなぁ」

赤いバラの絵が描かれたケーキ皿を、流が聡の前に置いた。

「そう。こんなお皿でした。扶美江のお母さんは、先にこのお皿だけを持って来て……」

聡は懐かしそうにケーキ皿を手に取った。

「そのあとから、紙ナプキンに包んだんを持って来て、お皿に二本載せはった」

油が染みた白い紙ナプキンから、春巻らしきものがはみ出ている。

「思いだしました。これです。こんな感じでした」

皿を持ち上げて、聡はためつすがめつ眺めまわしている。

「どうぞごゆっくり」

流とこいしは連れ立って厨房に戻って行った。

聡は急いで紙ナプキンを開いて、小さく声をあげた。

春巻ではなかったのだ。

薄切りのパンを丸めて揚げたものである。横から見ると中に具が詰めこんである。こんなだったか。少なからぬ疑問を抱きながら、紙ナプキンごとつまんでみた。

そうだ。これだ。この感触だ。記憶がよみがえってきて、すぐにかじりついた。

十センチほどのロールの半分くらいが口に入っている。歯型の付いた切り口を見つめながら味わうと、疑問は確信に変わった。

春巻だと思いこんでいたが、パン巻きだったのだ。中の具もてっきり海老《えび》だと思っていたが、どうやら魚のすり身のようだ。つまりは天ぷらの一種だったのか。

残った半分を食べると、海風が吹いてくるような気がした。思っていた以上に濃い塩味が付いている。あっという間に食べ終えて、二本目を手に取った。

——葉山くんは船が好きやないん？——

扶美江の声が聞こえてきた。

——そんなことない。大好きや——

——ほんまかなぁ。さっきから船が通っても、ぜんぜん見とらんよ——

——ほんなことないて言うとるやん——

造船会社に勤める父の影響なのか、扶美江の船好きは尋常ではなかった。次々に海を行き交う船を指さしながら、その船の種類と大きさを扶美江は言い当てていた。さほど興味を持っていなかった聡だが、それ以来船好きになったのである。

気が付けば、二本目も食べ終えていた。

「どないです。こんなんでしたか？」

流がうしろに立った。

「まったくおなじものです。僕が勘違いをしていました。春巻ではなくパン巻きだったんですね」

「そうみたいですな。あなたが子どものころに、扶美江はんのお母さんがおやつに出してはったんは、間違いのうこれやと思います」

「よく捜しだしていただきました。で、扶美江はやっぱり今も長崎に？」

聡が勢い込んで訊いた。

「らしいですわ」

流が声を落とした。

「らしい？　らしいってどういうことですか。扶美江に会って、これを訊きだしてもらったんじゃないんですか」

聡は中腰になって語気を強めた。

「座らしてもろてもよろしいかいな」

回り込んだ流は、聡と向かい合った。

「どうぞ。詳しい話を聞かせてください」

うつろな目をして聡が椅子を奨めた。

「長崎に行ってきました。扶美江はんのお父さんが勤めてはった造船会社は、今も長崎にありました。尾道の支社のほうは閉鎖になったみたいですけどな。木元さんという方は退職されて、社宅は出はったんやが、すぐに亡くならはったみたいで、ご遺族がその近所に家を建てて住んではるらしいということでした」

流がタブレットをテーブルに置き、地図アプリを開いていると、こいしがふたりに茶を運んできた。

「大きい造船会社でしてな、ピーク時には十カ所、今も五カ所も社宅になってるマンションがあるんですわ。そのうちのひとつに当たりを付けたんは、葉山はんが蛍を覚えてはったからです。ここに蛍茶屋《ほたるぢゃや》という駅名がありますやろ」

流が地図を指さしたまま、タブレットの向きを変えた。

「駅名だったんですか。実際に蛍が出るのかと思っていました」

「駅名になっとるぐらいやさかい、むかしは蛍が居《お》ったんでしょうな。扶美江はんが住んではるころは、どうやったか分かりまへんけど」

「この辺に扶美江の家があるんですね」

聡はタブレットに覆いかぶさるように目を近づけた。

「正確に言うと、家やのうて店ですわ」

「店？　扶美江はお店をやっているんですか？」

顔を上げて聡が訊いた。

「扶美江はんて言うより、お母さんのほうです。お菓子の教室をしてはったぐらい、お菓子作りが好きやったお母さんやったら、きっとお店をやりたがらはるんやないかと思いましてな」

「そう言えば扶美江もそんなことを言ってたような記憶がかすかにあります」

「ここに蛍茶屋の停留所がありますやろ。このすぐ北側にあるマンションを、社宅として会社が借り上げてはったんです。おそらくこの社宅に扶美江はん一家は、長崎に戻ってからも住んではった。となるとお知り合いもようけやはる、この辺りの家に住みながら、お店をやってはるやろと思いました」

「よくそんな発想が浮かびますね。僕にはとても」

　聡が何度もかぶりを振った。

「お父ちゃんは元刑事やさかい」

　聡の耳元でこいしがささやいた。

「こいし、余計なこと言わんでええ」

　叱られてこいしが舌をぺろりと出した。

「道理で。凡人では無理ですよ」

　聡が大きくうなずいた。

「自慢にもなんにもなりまへん。むかしの仕事が染み付いとるだけですわ」

「お店を開いてたとして、どうやって捜すんですか。雲をつかむような話ですよね」

「目星を付けるのは屋号ですわ。店の屋号っちゅうもんには、その主人なり、家族なりの強い思い入れが表れるもんです。これまでもそれがヒントになったことは何べんもありますすんや」

流の言葉に、こいしは嬉しそうにうなずいている。

「そう言えば僕も店を開くときに、どんな名前にするかずいぶん悩みました。船にちなんだ店なのと、ここで錨《いかり》をおろして動かないという意味を込めて『アンカー』にしたんです」

「そうですやろ。人間てそういうもんなんですわ。扶美江はんか、お母さんがお店しはるとなったら、好きなお菓子の名前か、思い入れのある地名か、それとも自分らの名前か、なんぞのつながりがある屋号にしはるはずや。そう思うて長崎近辺のお菓子屋はんを、片っ端から当たってみましたんや」

「なんだか犯人を捜す刑事さんみたいですね」

「でしょ？」

こいしが誇らしげに鼻を高くした。

「そうして行き当たったんがこの店ですわ」

流がディスプレイを指でタップすると、カフェらしき店が映しだされた。

「『ウタノシマ』と読めますが……」

聡が不審そうに首をかしげた。

「ピンと来まへんか？」

「ウタノシマ。聞いたことないですね」

「扶美江はんのお母さんは、歴史の先生してはったていうのがヒントになりました。扶美江はんが引っ越して来はった島、向島は平安時代に〈宇多乃之萬〉という字を書いて、ウタノシマと呼ばれてたんやそうです。和歌が盛んに詠まれたとこらしいですな」

「お恥ずかしい話ですが、生まれ育った島なのに、そのことはまったく知りませんでした」

「向島に今住んではる人も、あんまりご存じないんやろけど、歴史に詳しい人は知ってはるんでしょうな。ひょっとすると扶美江はんが懐かしんで付けはったんかもしれまへん」

「それでこの店に、今も扶美江は居るんですか」

聡が気ぜわしく訊いた。

「順を追うてお話ししまっさかい」

流がたしなめた。

す」

「すみません」

「蛍茶屋の電停から北へ、坂道を十分ほど上って行った住宅街に『ウタノシマ』がありました。看板がなかったら民家やと思うて通り過ぎるような、控えめな店構えです」

ディスプレイを指でなぞり、流が写真を順に見せている。

「この辺はなんとなく尾道の街に似ています。細い坂道が曲がりくねっていて」

聡が目を細めた。

「情緒はあるけど、実際に暮らすのは大変やろなぁ。バリアフリーとはほど遠い感じやし」

こいしが横から覗きこんだ。

「そういう意味では向島は暮らしやすいところでしたね。うちのギャラリーは尾道の狭い坂道に建っているので、毎日大変なんですよ」

「扶美江はんのお母さん、民子《たみこ》はんは今年、米寿を迎えはるんやそうでっけど、車椅子どころか杖《つえ》も突かんと、さっそうと歩いてはりました」

民子が店の前に立つ姿を流が見せた。

「あのころとあんまり変わってないように見えますけど、本当に最近の写真なんですか？」

　聡はディスプレイをじっと見つめている。

「わしもお歳を聞いてびっくりしました。七十過ぎくらいにしか見えしません。この『ウタノシマ』というカフェの名物が、さっき食べてもろた春巻です。いや、正確に言うと春巻やなかった。そのことはあとで話します。客はわしひとりやったもんで、屋号の由来やらを訊いてるうちに、すっかり話しこんでしまいましてな。この店をはじめはった切っ掛けやら、いろいろ聞かせてもらいました」

「お母さんがひとりでやっておられるんですか」

　聡がおそるおそる訊いた。

「このお店をはじめはったころは、扶美江はんと民子はんがふたりでやってはったんやそうです。お菓子を作るのは民子はんで、接客は扶美江はん。観光地でもなんでもない、辺鄙《へんぴ》な場所やさかい、常連客だけで、雑誌やらの取材も断ってはったらしいです」

「扶美江はどこかへ行ってしまったんですね」

　聡が深いため息をついた。

「広いおうちでして、一階の道路に面した部屋がお店になってて、奥のほうと二階が住まいになってるんやそうです。お会いできまへんでしたけど、扶美江はんはこの家に民子はんとふたりで住んではります」

　ふたりの名前が書かれた表札の写真が、ディスプレイに映しだされると、聡は食い入るように見つめた。

「ここに住んではいるけど、扶美江は店には出ていない。どうしてなんですか？」

　聡が顔を上げた。

「こういう土地でっさかい、足の悪いお年寄りは来にくおすやろ？　そういう人らのために、扶美江はんは近所に出前っちゅうか、配達をしてはったんやそうです。配達料も取らんと、相手によっては家に上がってお茶まで淹れたりしてはったんで、評判やったそうです。ところが四年前の冬、配達してはるときに坂道でこけてしもて、大けがしてしまわはりましたんや。こんな坂道やさかい、なかなか途中で止まりまへんわなぁ。一命は取りとめはったけど、自由の利かん身体になってしまわはったんやそうです」

「そうだったんですか」

　聡ががっくりと肩を落とした。

「意識はしっかりしてはって、聞いたり話したりは、そこそこできるけど、手足のほうはさっぱりやと」

「お気の毒に」

こいしの言葉は扶美江に向けてか、それとも聡に向けたものかは判別できなかった。

「扶美江はんはひとりっ子なんやそうで、民子はんのほかに世話をする身内はおらんみたいです。自分が死んだら扶美江の面倒をみるもんがおらん。そんな気持ちでやはるさかい、民子はんは若《わこ》ぅ見えますんやろなぁ」

「そういうことでしたか」

思ってもみなかった事態に、聡は自分の気持ちを整理できずにいる。

生きていること。独身であること。そのふたつはよい知らせだったが、身体が不自由だということは想定外だった。

しばらく沈黙が続いたあと、流が重い口を開いた。

「今食べてもろたパン巻きでっけど、あれはハトシロールっちゅうて、長崎の郷土料理なんですわ」

「ちっとも知りませんでした」

「明治時代に中国から伝わった、卓袱《しっぽく》料理のひとつらしいんですが、たいていはパンを四つに切った四角い形をしてて、ハトシて言いますんや。それをロールにしたんがハトシロールっちゅうことです」

「それでようやく腑《ふ》に落ちました。てっきり僕のために作ってくれたものだと思いこんでいました。扶美江は、サトシじゃなくて、ハトシって言ってたんですね」

聡が苦笑いした。

「ほんまはハトシは海老を使うみたいやけど、民子はんはアジをすり身にしてはりました。むかしからこのやり方してるて言うてはったんで、葉山はんが子どものときに食べてはったんも、たぶんおんなじやと思います。パンは市販の食パンで、サンドイッチ用の十二枚切りを使うてはりました。叩《たた》いてすったアジに塩胡椒して、ちょこっとだけマヨネーズと醬油を混ぜるんやそうです。そして薄切りパンにアジのすり身を塗って、くるっと巻いて揚げる。そない難しいレシピやおへんけど、いちおう作り方は書いときました」

流がファイルケースを聡に手わたした。

「ありがとうございます」

表情をなくしたまま受け取って、聡はゆっくりと頭を下げた。

「わしも知らんかったんでっけど、長崎では旨いアジが獲《と》れるんやそうです。〈ごんあじ〉やとか〈野母《のも》んあじ〉っちゅうブランドアジもありました。それもあって民子はんは海老やのうてアジを使うてはったんやと思います。ハトシっちゅう料理も知らなんだし、長崎の食いもんをもうちょっと勉強せなあかんなぁと思うてますねん」

「もっと長崎のことを、扶美江に訊いておけばよかった」

聡が悔しそうに唇を噛んだ。

「ハトシロールとハトシ。ようけ作ったんで持って帰ってください」

こいしが紙袋を差しだした。

「いい匂いがする。あのときの扶美江の家と一緒だ」

受け取って聡が鼻を鳴らした。

「『ウタノシマ』の住所と電話番号を書いたメモも一緒に入れときました」

こいしが聡の手元を指した。

「何から何まで。ほんとうにありがとうございます。この前の食事代と併せてお支払いを」

聡が財布を取りだした。

「うちはとくに金額を決めてません。お気持ちに見合うた分をこの口座に振り込んでください」

折りたたんだメモをこいしがわたした。

「承知しました」

聡はそれを財布に仕舞い、身支度を整えて店の外に出た。

「お気を付けて」

こいしと流は聡を見送りに出た。

「ひとつお訊きしたいのですが」

聡が背筋を伸ばした。

「なんですやろ？」

「扶美江が大けがをしたのは四年前とおっしゃいましたね。いつごろだったか、聞いておられますか？」

「お正月明けに九州を強い寒波が襲うたときやて言うてはったと思います」

「四年前の正月明け……ですか」

聡が霞《かすみ》がかった空を仰いだ。

「春が近づいとる空ですなぁ」

横に立って、流がおなじ空に目を向けた。

「あともうひとつお訊きしたいんですが、京都に美味しいカステラ屋さんってありますか？」

「うちが好きなんは千本今出川にある『越後家多齢堂《えちごやたれいどう》』さん。子どものときから食べてるけど美味しいですよ」

「この近所がよかったら、『亀屋陸奥《かめやむつ》』はんの〈松風《まつかぜ》〉っちゅう和風カステラも旨いでっせ。堀川七条やさかい歩いて行けます」

「分かりました。両方行ってみます。ありがとうございました」

「ご安全に」

流が一礼すると、こいしがそれに続いた。

「お世話になりました」

聡が頭を下げてから、正面通を西に向かって歩きだした。

「葉山はん」

流の呼びかけに聡が足を止めて振り向いた。

「縁はだいじにしなはれや」

聡がこっくりとうなずいた。

紙袋を振りながら聡は小走りになって去って行った。

見送って店に戻るなり、こいしがパイプ椅子に座りこんだ。

「ホッとしたていうか、なんや気が抜けてしもうたわ」

「わしらは食を捜すのが仕事で、そのあとのことは関係ないて言うもんの、やっぱり気になるわなぁ」

流が隣に座った。

「扶美江さんの話をしても、あんまり驚かはらへんかったし、どう思うてはるのか分からへんかったからハラハラしたわ。身体が不自由やて聞いてあきらめはるのと違うやろか、て」

「カステラの話出さはってホッとしたな」

ふたりは顔を見合わせて微笑《ほほえ》んだ。

「こういうのも因縁て言うん？」

こいしが訊いた。

「そやなぁ。離婚しはったんと、ほとんどおんなじ時期に大けがしはった言うのは、因縁やろなぁ」

「聡さんと再会して、奇跡的に治るっていうこともあるかもしれんな」

「神さんはちゃんと見てはるはずや」

流が仏壇の前に座った。

「お母ちゃんにも頼んどかんとな。扶美江さんがようならはるように」

流のうしろに座って、こいしが手を合わせた。

「なんでもかんでもわたしに頼まんといて、て掬子が言いよるんと違うか」

苦笑いしながら流が線香を供えた。

「お母ちゃんがそんな水臭いこと言わはるかいな。よっしゃ、わたしにまかしとき、て言うてはるわ」

こいしがそっと目を閉じた。

第三話　チキンライス

1

ＪＲ京都駅の十四番ホームに降り立った市橋香織《いちはしかおり》は、小さく身震いした。東京を出るときは蒸し暑ささえ感じていたのが、京都に着いたとたん空気が秋に変わっていた。

ベージュのパンツにオリーブ色のシャツを合わせ、紺色のジャケットを羽織った香

織は、ホームからコンコースへ降りるエスカレーターに乗ろうとして、右か左のどちらに立つか迷い、二段ほどやり過ごした。

東京だと無意識に左側に立つのだが、関西は左を空けて右に立つのが一般的だ。そう香織に教えたのは、桑野毅彦《くわのたけひこ》だった。二年後には四十歳を迎える香織にとって、これまでにただひとり恋人と呼んだ男性である。

毅彦を人生最初で最後の恋人にしようと固く心に決めて、この秋でちょうど十五年になるのだが、香織の決意は夏の陽炎《かげろう》のように、ゆらゆらと揺らぎはじめている。その揺らぎを止めることができるのは、あのひと皿の料理だけだと思って京都にやってきた。

JR京都駅の中央口を出た香織は、烏丸通をまっすぐ北に向かって歩く。京都タワーの辺りは十五年前とまったく景色が違っているようで、しかし何も変わっていないのかもしれない。

京都に限ったことではない。東京の街を歩いていても、あのころはぴったり寄り添う毅彦の顔しか見ていなかったのだから、街並みなどほとんど記憶に残っていない。

――食捜します　鴨川探偵事務所――

たった一行だけの雑誌広告を見て、蜘蛛《くも》の糸を見つけたような気になった香織は、ネットの情報をつぶさに検索して、なんとかそれらしき場所をさぐりあてた。表向きは食堂のようだが、そこには暖簾《のれん》はおろか、表札も看板も出ていないそうだから、どうすればたどり着けるのか。不安は山のように積もっている。

ネットの情報なんて信用できないとも思うが、今はそれに頼るしかない。香織は七条通を越え、正面通を東に折れた。

『東本願寺』が近いせいか、仏具屋や法衣《ほうい》を商う店、仏壇屋などが建ち並んでいるものの、それらしき建物は見当たらない。探偵事務所はおろか、食堂らしき店もまったく見当たらない。

香織は正面通の両側を一軒一軒覗《のぞ》きこんでは首をかしげ、少しずつ東に歩を進めていく。

両側を数えて十数軒目だろうか。一軒のしもたやの前で、香織の足がぴたりと止まった。

何ひとつ目印はないが、この家のまわりには食べ物の香りが漂っている。もちろん、ふつうの民家で、ただ食事の支度をしているだけかもしれない。もし間違いだったとしても、謝れば済むことだ。半信半疑ながら、香織は思い切って、引き戸をがらがらと引いた。

「こんにちは」

　がらんとした家のなかに香織の声がこだまする。

　カウンター席らしきものがあり、テーブル席も並んでいる。客の姿こそ見当たらないが間違いなくここは食堂だろう。そしてこの店の奥にはきっと『鴨川探偵事務所』がある。そう思うと香織の胸の鼓動は高まった。

　自分の声のこだまが消えてすぐ、似たようなトーンの声が奥から返ってきた。

「おいでやす。ちょっと待ってくださいね」

　背伸びして覗きこめば厨房《ちゅうぼう》があり、料理を仕込んでいるのか、鍋から湯気が出ていて、出汁《だし》の香りも漂ってくる。

　東京の下町には、こんな居酒屋もよくある。高級割烹《かっぽう》店の対極にあるような、場末の居酒屋だけど、知る人ぞ知る店とあって、よほどの常連客でないと門前払いを食らう。そんな店に連れて行ってくれたのも毅彦だった。

「お待たせしました。食堂の主人はちょっと留守してますんで、お食事やったらしばらく待ってもらわんとあきませんけど」

　奥から出てきた、白いポロシャツに黒のソムリエエプロンを着けた女性は、香織より五歳ほど若く見える。

「食事じゃなくて、『鴨川探偵事務所』を捜しているのですが、こちらではありませんか？」

香織がおそるおそる訊《き》いた。

「なんや。探偵のほうやったんですか。『鴨川探偵事務所』やったら、この奥にあります。うちが所長の鴨川こいしです」

口角を上げて、こいしが小さく会釈した。

「ということは、食を捜してくださるのはあなたなのですか」

香織は不安そうな表情を隠すことなく、上目遣いにこいしの顔を覗いた。

「心配しはらんでも大丈夫。ほんまに捜すのはお父ちゃんで、うちは聞き役専門ですねんよ」

「お父さま、ですか」

香織の不安はまだ消え去っていない。あのことがあってから、なんでも疑ってかかるようになってしまったのだ。

「この『鴨川食堂』の主人で、うちのお父ちゃん。元刑事やったさかい、どんなもんでも捜すのは得意なんです」

「そうでしたか。市橋香織と言います。食を捜していただきたくて東京から参りました」

　元刑事という言葉を聞いて急に声が明るくなった。肩の力を抜いた香織は、笑顔でこいしにあいさつした。

「香織さん、お腹《なか》のほうはどうです。空《す》いてはるようやったら、ちょっと待ってもらえますか？　お父ちゃんが帰って来はったら、美味《おい》しいもん作ってくれはるんで」

「ありがとうございます。お昼を食べてないのでお腹も空いてはいるんですが、探偵さんに先にお話を聞いてもらったほうがいいかなと」

「そうやねぇ。野菜を仕入れに行ってはるだけやから、そない遅ぅはならへんと思うんやけど、寄り道とかしてはったら、お待たせせんとあきませんしね」

「よろしくお願いします」

　香織が頭を下げると、こいしはメモ用紙を広げてペンを手に問いかけた。

「捜してはる食はちょっと横に置いといて、苦手な食べもんとかあります？　アレルギーとか」

「牡蠣《かき》がダメなんです。あとムール貝も。それ以外は大丈夫です」

「――探偵のほうのお客さん。若い女の人。奥で先に話聞いてます。お腹空かせてはる。牡蠣とムール貝はアカン――と。お父ちゃんが帰って来はって、これ読んだら分かってくれると思います」

こいしがメモ用紙に走り書きした。

「それだけで通じるってすごいですね。いつもこんな感じなんですか」

「はじめて。いっつもは、先にお父ちゃんが作った料理を食べてもろてから話を聞くんで」

「すみません。なんだかイレギュラーなことになってしまったみたいで」

「気にせんといてください。たまにはこんなんも気分が変わってええと思います。どうぞ奥のほうへ」

厨房を横目にして、こいしが長い廊下を歩きだし、香織はあわててそのあとを追った。

「このお写真は？」

廊下の両側にびっしり貼られた料理写真に目を近づけて、香織の足が止まった。

「ほとんどぜんぶお父ちゃんが作らはったんですよ。レシピを書くのが面倒くさい言うて、写真で残してはるんです」

振り向いたこいしは誇らしげに胸を張った。

「さっき、お父さまは元刑事だとおっしゃいましたよね」

「ええ」

「刑事をしておられて、こんな料理も作ってられたんですか？」

「まぁ、いろいろあるんですわ。それはええとして、まずは捜してはる食のことをお訊きせんと。ここが『鴨川探偵事務所』です。どうぞおはいりください」

廊下の突き当たりまで来たこいしは、ドアを開けて香織を招き入れた。

ジャケットを脱いだ香織は、ローテーブルをはさみ、こいしと向かい合ってロングソファに腰かけ、部屋のなかをぐるりと見まわしている。

「香織さん。いちおうこちらに記入してもらえますか。簡単でええので」

こいしがローテーブルにバインダーを置くと、素早く手に取った香織は、揃《そろ》えた両膝の上に置いて、すらすらとペンを走らせている。

「お茶かコーヒーか、どっちがよろしい？」

「お茶をいただきます」

ペンを持ったままで香織が答えた。

万古焼の急須にポットからお湯を注《つ》ぎ、しばらく茶葉を蒸らす。急須のふたに手を置いたまま、こいしは香織の様子を横目でうかがっている。

「これでよろしいでしょうか」

書き終えて、香織がバインダーの向きを変え、ローテーブルに置いた。

「ありがとうございます」

バインダーに目を落としながら、こいしが京焼の湯呑《ゆのみ》を茶托《ちゃたく》に載せて香織の前に置いた。

「さすが京都ですね。いい香りがする」

湯呑を手にした香織が鼻先に近づけた。

「市橋香織さん。三十八歳。独身。東京都渋谷区のスポーツウェアのお店にお勤め。お住まいは都内北区赤羽台《あかばねだい》。て、どの辺のことなんです？　渋谷はなんとなく分かりますけど、東京は広いさかい、赤羽台て見当も付きませんわ」

まずはどんなところに住んでいるのか。それを知ることがひとつの手がかりになる。これまでの経験でそれを知ったこいしは、タブレットを操作して地図アプリを開いた。

「大ざっぱに言えば、東京都の北のはずれ。赤羽から荒川を越えれば、もうそこは埼玉。わたしの故郷なんです」

たしかにすぐ北に県境があるから、東京都の一番北の端。香織の生まれが埼玉だということも頭に入れた。

「早速ですけど、どんな食を捜してはるんですか」

バインダーの横にあったノートを広げたこいしは、香織とまっすぐ向き合った。

「チキンライスです」

「えらいかわいらしい料理を捜してはるんですね。子どものときの思い出か何かですか」

オムライスを食べることはあっても、チキンライスを食べることはめったにない。こいしは記憶の糸をたぐり、掬子がお弁当に作ってくれた、グリンピースだらけのそれを思いだした。

「いいえ。今から十五年ほど前に、中華料理屋さんで食べたチキンライスです」

「東京では中華料理屋さんにチキンライスがあるんですか」

開いたノートの綴《と》じ目を押さえながら、こいしは目を見開いた。

「メニューには載ってないのを、お店のおばちゃんがわたしのためにわざわざ作ってくれたんです。以前に好物を訊かれて、チキンライスって答えたのを、おばちゃんが覚えていてくれたのだと思います」

「リクエストしはったということですか？」

「いいえ。何も言わずに今日はこれを食べなさいと言って」

「なんや不思議な話ですね。詳しいに聞かせてもろてもよろしいか」

こいしがペンをかまえた。

「東京に出てきて、ひとり暮らしをはじめてから夜はほとんど毎日外食でした。仕事を終えてアパートへ帰るまえに、駅の近くのお店で食べて帰るというパターンで、お気に入りの店を順番に回っていました。そのなかの一軒が隣の駅前にある中華屋さんで、何を食べても安くて美味しいのにいつもヒマそうな店でした。酢豚とか、天津飯《テンシンハン》とか、甘酸っぱい料理が好きで、たいていそれを頼んでました。ひとりで切り盛りしているお店のおばちゃんは、かならず話しかけてくれたので、いつしかわたしも身の上話をするようになってました」

「恋バナとか？」

「はい。上司の愚痴とか、仕事の悩みとか、おばちゃんは聞きじょうずなので、包み隠さずなんでも話してました。母親代わりっていうところでしたね」

「京都でもそういうおばちゃん、ようやはりますわ」

こいしはノートにそれらしき女性のイラストを描いている。

「おせじにもきれいとは言えない店でしたけど、思い切って恋人を連れて行ったんです。わたしはこういうお店の料理が好きだと彼に伝えたかったのと、結婚しようと思っていた相手だったので、おばちゃんに紹介しておきたかったんです」

「ほんまのお母さん以上の存在やったんかもしれませんね」

「はい。おばちゃんもすごく喜んでくれて、彼のことも気に入ってくれたようでした」

「よかったですやん。次はほんまのお母さんの番やね」

「そう思っていた矢先のことです。それから三日ほどが経《た》ってお店に行き、いつものように注文しようとしたらおばちゃんが、今日はチキンライスを作るからそれを食べなさいと言ったんです。もちろんメニューにも載ってませんし、びっくりしたんですが、断る理由もありませんし、いただくことにしました」

　こいしはチキンライスらしきイラストをノートに描いている。

「なんでその日に香織さんの好物のチキンライスを作らはったんやろ」

「それがいまだに分からないんです」

「そのおばちゃんに訊いてみはったらよろしいやん」

「それからお店に行かなくなってしまったので」

「なんでです？　料理も気に入ってはって、お母さん代わりのおばちゃんがやはって、恋人まで紹介するぐらい親しいしてはったのに。おばちゃんと喧嘩《けんか》でもしはったんですか？」

「喧嘩って言うより、一方的におばちゃんから責められたんです。なぜあんな男を選んだのか、とか、早く別れたほうがいい、とか」

「いきなりですか？」

「そう。いきなりだったんで、ただただびっくりしてしまって。チキンライスが出てきて食べはじめたら、唐突に言いだされて気が動転してしまいました」

　香織が顔をゆがめた。

「彼と一緒にお店へ行かはったときに何かありましたか？　おばちゃんともめはったとか」

「とんでもない。帰るときは店の外までわざわざ出てきて見送ってくれたぐらいです。食事中も、しあわせにしてやりなさいね、と彼に言ってましたし」

「それで三日後にいきなり、ですか。たしかになぞやねぇ」

　こいしはノートにクエスチョンマークを書き並べた。

「半年ほどの付き合いでしたけど、彼とはお互いに結婚するつもりでいましたから、すごいショックを受けて、半分も食べずにすぐ席を立ちました。食事代を払うと言ったんですが、自分が勝手に作って出したんだから要《い》らない、とおばちゃんが言い張ったので、結局払わずにお店を出ました。まさかそんなことを言われるなんて、思ってもいなかったので呆然《ぼうぜん》としてしまって、どうやって家に帰ったか覚えていないほどでした」

「お気持ちはようよう分かりますわ。結婚しようとまで思うてはった相手やのに、いきなり早《はよ》ぅ別れなさいて言われてショックを受けへん人間はいませんわ。けど、なんでそんなことを言いださはったんやろ。何かその理由を言うてはりました？」

「もちろん訊きましたよ。なぜ？　って。そしたら何も言わないんです。あなたにはふさわしくない相手だ、その一点張りで」

「それではらちが明きませんわね」

「次の日は少し冷静になれたので、お店に行っておばちゃんの話を聞こうと思ったんですが、なんとなく怖くなって、結局それ以来お店に行くことはありませんでした」

「怖いっていうのは？」

「そんなことは絶対ないと思っていましたけど、彼のことで何か根拠があっておばちゃんが反対したのだとすれば……。万にひとつ、もしもそんなことがあったとしても聞きたくないと思いました」

「それぐらい好きやったし、相手の男性を信頼してはったんやね」

こいしがそう言うと香織はこっくりとうなずいた。

こいしには、ひとごととは思えなかった。

いつか誰かと結婚することになるのか。一生このままの暮らしを続けていくのか。先々のことは分からないが、いずれにせよ結論は自分で出したいと思っている。周りからとやかく言われたくない。結婚するとしても、相手も自分で決める。

「そのお店は今もあるんですか？」

こいしは話の向きを変えた。

「もうありません」

「お店の名前とかは覚えてはります？」

「『南海飯店《なんかい》』っていうお店で、十条駅のすぐ近く、十条銀座のなかにありました」

こいしはペンを走らせた。

「東京にも十条ていう駅があるんですね。はじめて聞きましたわ。どの辺ですか」

こいしがタブレットを香織に向けた。

「ここが赤羽で、少し南にあるのが十条の駅です。駅前ののんびりした雰囲気が好きだったので、仕事場のある渋谷から赤羽に帰る途中、よく寄り道してたんです。『南海飯店』は十条銀座に入ってすぐ、そう、この辺にありました」

ディスプレイをなぞっていた香織の指が止まった。

「えらい遠いとこまで大変ですねぇ」

言いながら、こいしがノートにメモした。

「地図で見るとけっこう離れているみたいですけど、埼京線の快速に乗れば、渋谷から赤羽までは二十分ほどですし、十条だと十五分くらいなんです」

「それやったらいいですね。京都に住んでると、電車で移動する距離感がよう分からへんのですわ。京都の地下鉄ていっつも空いてますけど、東京の通勤電車てたいへんなんでしょ？　テレビとかで見てたらたいていすし詰め状態みたいやし」

「はい。でもそんな満員電車から降りてしばらく歩くと、店の明かりが見えてくる。おばちゃんのお店はオアシスのような存在だったのです」

香織は笑っているのか、怒っているのか、どちらとも判別できないような表情を浮かべている。

「肝心のチキンライスですけど、どんなんでした？　ケチャップ味のふつうのチキンライスでしたか？　それともなにか変わったもんが入ってたとか？　中華ふうのチキンライスでした？」

こいしが矢継ぎ早に訊いた。

「それがよく覚えていないんです。食べはじめたときにいきなり言いだされたので、味わう余裕なんてありません。頭が真っ白になってしまっていて」

「そらそうですよねぇ。そんな話を聞かされながら冷静に味わって食べられるわけないわ」

「ただひとつだけ記憶に残っているのは、ふつうのチキンライスみたいに赤くなかったことです。ほんのり赤いというか、どっちかっていうとピンクに近かったような気がします。と言ってもおぼろげな記憶ですけど」

「ピンクのチキンライスかぁ。なんか美味しそうな気がします。味なんかは覚えてはりませんよねぇ」

「はっきりとは覚えていないんですが、わたしの好物のチキンライスとはぜんぜん違う味でした。かすかに甘酸っぱい味がしたような気もします。あとは鶏肉《とり》がごろごろとたくさん入っていたかなぁ。それぐらいしか覚えてなくて」

香織が天井をぼんやりと見つめている。

「うちもチキンライスは好きやけど、お肉はこま切れがちょこっと入ってるぐらいで、あとはタマネギとかグリンピースとかばっかりていう印象ですわ。お肉がごろごろ入ってるチキンライスなんて一回も食べたことない」

「ふつうはそうですよね。おばちゃんは中華料理しか作ったことがないから、チキンライスがどういうものか分からなかったんじゃないでしょうかね」

「街の中華料理屋さんて、おじさんが作ってはるもんやと思うてました。おばちゃんて珍しないですか？」

「おばちゃんの身の上話も聞かされてたんですが、子どものころに中国から移住してきたらしいんです。最初は和歌山に住んでたのが、両親が離婚してから東京へ働きに出てきて、中華料理屋さんのご主人と結婚したんだけど、五年ほどで別れてしまって、自分で店をやるようになった。そう言ってました」

「中国から来てはったんか。苦労してはったんやなぁ、おばちゃん」

「苦労話はあんまり好きじゃなかったみたいで、愉《たの》しかった思い出ばかり話してくれてました。和歌山の紀《き》ノ川で泳いでいて溺れかけた話とか、別れたご主人が酔っぱらって、裸で歩道橋で寝てしまい警察に連れていかれた話とか、ユーモアたっぷりに話してくれるから、お腹の皮がよじれるほど笑いこけて」

　香織は当時を思いだして目を細めている。

「ええおばちゃんやないですか。もう一回話をしはったらよかったのに」

　最初に香織が話しだしたときから、こいしのなかで少しずつ印象が変わっていった。世話焼きおばさんにありがちな、余計な口出しかと思っていたが、どうやらそうではなさそうだ。

「今も独身やていうことは、当時恋人やった、そのお相手とはうまくいかへんかったんですよね。そこのところも聞かせてもろてもよろしい？」

こいしが遠慮がちに訊いた。

「そこもちゃんとお話ししないといけませんよね」

口をつぼめた香織がため息をついた。

「差しつかえのない範囲でいいですし」

こいしはノートを繰って、綴じ目を手のひらで押さえた。

「埼玉の大学を出てすぐ、東京に住むようになりました。今とおなじところです。勤め先は今の店と違って渋谷の大きなデパートでした。最初に配属されたのが紳士服の売り場で、彼とはそこで知り合いました」

「同僚やったんですか？」

「いいえ。お客さんです」

「お客さんにナンパされはった？」

「まぁ、そうなりますすね。ネクタイの柄を選んでくれと頼まれて、奨《すす》めたらシャツも一緒に買ってくれて。いいお客さんだなぁと思っていたら、次の日もまたベストを買いに来てくれて。一度お茶でもと誘われたんです」

「それからお付き合いがはじまった。見初められたいうことですね。どんな人やったんやろ。写真とか残ってへんのですか?」

「いつか削除しなきゃと思いながら、なかなか消すことができなくて」

遠慮がちなようで、誇らしげにも見える様子で、香織がスマートフォンの画面を見せた。

「絵に描いたようなイケメンさんですやん。ええスーツ着てはるけど、お仕事は何を?」

「そのころIT関係の仕事をはじめたばかりでした」

香織の目が輝いた。

「完璧にツボですね。イケメンでIT関係の仕事ていうたら、女優さんらの憧れですやんか」

こいしはノートにイラストを描きつけている。

「正直わたしにはよく分かりませんでしたが、会うたびにいっぱい夢を語っていました」

「うちも実はよう分かりませんねん。そもそもITて何なん? てお父ちゃんに訊いたら、インフォメーション・テクノロジーの略や、て言われて、よけい分からんようになりましたわ」

こいしにつられて香織も笑ったが、そのあとは急に黙りこくってしまった。

「続きを聞かせてもろてもよろしい？」

しばらく沈黙が続いたあと、上目遣いに香織の顔を覗きこんで、こいしが口を開いた。

「付き合いはじめたころは夢中でした。素敵な男性と出会えたねと同僚や友人にもうらやましがられてました。でも、正直に言うと少し疑っていたんです。こんな男の人なら、それこそ女優さんだとかモデルさんなんかと付き合っててもおかしくないし、なんでわたしなんかと、とも思いました」

「そう言われたらそうかもしれませんけど、香織さんかて充分魅力的な女性ですやん。彼はきっとそこまで見抜いてはったんやと思いますよ」

「ありがとうございます。友だちもそう言ってくれてたのですが、やっぱりどこか心の片隅では疑っていました。そんなときに、完全に疑いを払しょくするできごとがあったんです」

香織はお茶を飲んでひと息入れてから続ける。

「イタリア料理のお店でデートをした帰り路《みち》でした。わたしを送るのに渋谷駅に向かって歩いているときに、道端でしゃがみこんでいるおじいさんを彼が見つけて声を掛けたんです。ご気分が悪いんですか、と。そしたらそのおじいさんが言うには、財布をすられて困っている、家に帰れないということでした。気の毒に途方に暮れてましたが、彼はためらうことなく自分の財布から十万円ほどのお札を無造作につかんで、おじいさんにわたしたんです。おじいさんは涙を流さんばかりに喜んでましたが、彼はよかったよかったと言って、すぐに立ち去ろうとしたんです。おじいさんは彼に名前を聞かせてくれと言ったのですが、名乗るほどの者でもないと言って、彼はそのまさっさと歩いていきました。ときどきニュースでもそんな話を聞きますが、まさか彼がそんなことをするとは想像もしていなかったので、驚いたのと、それから彼を疑うことをきっぱりやめたんです」

「ほんまにかっこええんや。お話を聞いただけで惚《ほ》れてしまいますわ」

「それから鎌倉や京都へも一緒に旅行しましたし、週末はかならず彼と一緒に過ごすようになりました。『南海飯店』のおばちゃんから言われたあともまったく変わらないどころか、ますます付き合いは深くなりました。やっぱりあのおばちゃんの言うことに耳を貸さなくてよかった、そう思っていました。おばちゃんから言われた日からちょうどひと月経ったときでした。彼からお金を貸して欲しいと頼まれたんです」

「IT関係の仕事してはったらお金持ちなんと違うんですか」

「彼が言うには仕事の規模を拡大するために、買収したい会社があるのだけど、実績がないから銀行が融資してくれない。確実に利益の上がる会社の買収だから、半年後には二倍にして返すから。そう言われて」

「どんな会社かしらんけど、買収するとなったら、けっこうなお金が要るんと違います？」

「五千万円必要で、自己資金や友人たちから借りたお金でなんとか四千万集まった。あと一千万なんとかしてくれないかって」

香織が重い冬空のように顔を曇らせた。

「い、一千万」

こいしが声を裏返した。

「もちろんわたしはそんな大金を持っているわけがありませんし、断ろうと思ったのですが、哀《かな》しそうな彼の顔を見ると、なんとかしてあげたいという気持ちが勝ってしまったんです」

「いや、うちもその気持ちは分かりますけどね、けど一千万てはんぱな金額と違いますやんか」

「倍にして返してくれるからと親を説得して、なんとか工面してもらいました。母親は猛反対したようですが、最後は父が貯金を取り崩してくれて……」

最後が涙声になったのは、きっと香織が後悔しているからなのだろう。続きを訊くのは酷なような気もするのだが。

「親てほんまにありがたいですね」

こいしの言葉に香織は何度もうなずいた。

「いつもデートに連れていってくれるお店は、素敵なレストランばかりだったし、オシャレな格好してるので、お金持ちだと信じて疑いませんでした。いえ、お金持ちだから付き合っていたとか、そういう意味じゃありませんよ。でも、お金ってないよりあるほうがいいし、格好が悪いよりは良いほうがいい。その程度のことだったんです。結婚して将来お金で苦労するのは嫌だったけど、大金持ちの奥さんになりたいなんて、これっぽっちも思っていませんでした。そして困った人がいれば平気で自分の有り金をわたしてしまう。そんな彼をわたしも見習わなきゃ、そう思ったんです。人から見ればおかしいかもしれませんが」

香織は自分に言い聞かせるように言葉を並べた。

「ふつうの感覚やと思いますよ。相手を信じるていうか、信じたいですよね。彼はそれに応えてくれはったんでしょ？」

こいしの問いかけに、香織はまた口を閉じてしまった。

二度、三度とため息を繰り返したあと、おもむろに語りはじめた。

「振込をすると税務上ややこしくなるから現金にしてほしいと頼まれ、デートの場所にお金を持って行きました。そんな大金を手にしたことがないので、真冬なのに汗だくになりました。震える手で紙袋に入れたお金を渡すと、彼はそれを抱えてお手洗いに行きました。たしかめに行ったのでしょう。戻ってきた彼はわたしの手を両手で包みこんで、涙を流しながらお礼を言ってくれました。よかった、わたしはだまされていたんじゃなかった、ともらい泣きしてしまいました」

「よかったですやん」

相槌《あいづち》を打ちながらも、話はこのまま終わらないだろうと、こいしは表情を変えなかった。

「それからちょうど一週間後でした。彼が夕食をご馳走《ちそう》すると言って、六本木のお鮨《すし》屋《や》さんへ連れて行ってくれました。紹介制らしく芸能人とかがお忍びで来る店だと彼が言ってました。トロやアワビやウニなんかの高そうなお鮨をいっぱい食べて、ワインも飲んで、お勘定はいくらぐらいになるんだろう。ひょっとしてわたしに払わせるんじゃないかと思ってたら、彼がすんなりと現金で払いました。横目で見てた感じでは十数万円だったように思います」

「東京のお鮨屋さんて高いんですね」

「ぜんぶが高いわけじゃなくて、そういう接待用の高いお店もあちこちにあるみたいです」

「ますます安心しはったでしょう」

「ええ。でも、それだけじゃないんです。帰り際に銀行の封筒を渡されて、中身を見てみると、帯封の付いた百万円の札束でした。これは？　って訊いたら、少しでも早く返そうと思って、と彼が言いました。ご両親に迷惑を掛けているから、とも言ってくれました」

「えらい人ですやんか。いったん借りたらなかなか返せへんもんやのに」

「誰でもそう思いますよね。やっぱり彼は誠実な人だったんだ。そう確信したら、無性にあのおばちゃんに腹が立ってきて。きっと自分が不幸な人生を歩んできたから、やっかんでたんだ。わたしが彼としあわせになるのをねたんでいたんだ。そう思うようになりました」

「傍《はた》からみたら、それはちょっと言い過ぎなような気もしますけど、当の本人はそう思うかもしれませんね」

「わたしって思いこみの強い性質《たち》なので、そう決めつけて実行に移しました」

香織の目が鋭く光った。

「実行て？　まさか殴りこみをかけたとか？」

「まだそのほうがよかったのでしょうね。わたしはもっと陰湿な、ひきょうな手段を使ってしまったんです」

「いやがらせ？」

「はい。口コミのグルメサイトに最悪のレビューを投稿したんです。店は不潔だし料理はまずいし、店の主人がおしゃべり好きで、落ち着いて食べられなかった、と」

「ほんまにそんなひどい投稿しはったんですか？」

こいしが顔をゆがめると、香織は両肩をちぢめて頭を下げた。

「後から思えば、本当にひどい投稿をしたと思います。でもそのときは、おばちゃんが悪いんだから、これぐらいのことは当然だと思っていましたし、ぎゃふんと言わせたかった」

「気持ちは分からんことないけど、やったらあかんことやったと思います。もしうちの店がそんなんされたら、と思うただけで胸が痛みますわ。お父ちゃんは気にもしはらへんやろけど」

「ずっともやもやしていて、夜の眠りも浅くなってしまって、一週間後にようやく決心して投稿を削除したんです。そしてその日の夜でした。彼からメールが来て、海外に出て勝負するから三か月ほど会えなくなるけど、心配しないでくれ、と。うまくいけば二倍にして返すのは三か月後になるかもしれない、とも書いてあったので、本当に良かったなと思ったんです」

香織の表情が曇っているのは、その後の展開が晴れやかなものでなかったことを表しているのだろう。

「そこまでは順風満帆ていうことやったんですね」

「寂しいけどがんばってね、と返事をしたのですが、彼からは何も返ってきませんでした。そしてそれを最後に連絡が途絶えてしまって、今に至る、です。長々とくだらない話をお聞かせしてすみませんでした」

香織は吹っ切れたような顔をこいしに向けた。

予想された結末ではあったが、香織への同情以上に、相手の男性への怒りがふつふつと湧き上がってきた。

「要するに九百万円だまし取られたていうことですやん。当然警察に被害届を出さはったんでしょ？」

「わたしは躊躇《ちゅうちょ》していたのですが、両親がすぐ警察に被害届を出しました」

「で、どうなったんです？　お金は返ってきたんですか？」

こいしがペンを置いて身を乗りだすと、香織はゆっくりと首を横に振って、深いため息をついた。

「警察の人の話では、彼はプロの結婚詐欺師だということでした。彼が住んでいたマンションも偽名で借りたウィークリーマンションでしたし、メールのフリーアドレスからも身元を特定できないようになっていて、計画的な犯行だろうと言われました。彼からもらった名刺に書かれていた会社も、もちろん架空のものでした」

「香織さんに狙いを定めた犯行やったんですか。気の毒に」

「簡単に人を信じてしまったわたしが悪いんです。よくよく考えればお金持ちでイケメンの男性が、わたしに近寄ってくるわけないんですよね。そんなお金持ちだったら、わたしから借りなくても、もっとほかに融資してくれるところがあるはずだ、ってあとから冷静に考えればすぐ分かることなのに」

香織が悔しそうに唇を嚙《か》んだ。

「ひょっとしたら、困ってはったおじいさんにお金をあげはったのも、仕組まれたお芝居やったかもしれませんね」

「警察の人にもそう言われました。信用させるための典型的な手口だって」

「ニュースでもよう聞く話やし、香織さんのお話聞いてても、なんでそこで気が付かへんのやろて思うことがいくつかありますけど、もしも自分がその立場に立ったら絶対だまされへん、てよう言い切れませんわ。自信ない」

こいしは偽らざる気持ちをそのまま口にした。

写真で見る限り、どこからどう見ても人をだますようなタイプには見えない。イケメンとは言っても、自信満々という感じではなく、どことなく頼りなげで、母性本能をくすぐられる男性だ。どことなく浩《ひろ》さんにも似ていることもあって、香織の恋人だった男性が、プロの結婚詐欺師だと聞かされても、こいしはまだ半信半疑だ。

「それから三年、五年と経っても、まだわたしは、ひょっこり彼が戻ってくるんじゃないかと甘い夢を見ていました。でも七年経って詐欺罪は時効になったと警察のかたから聞かされて、やっと目が覚めたようなおろかなわたしです」

「お話はよう分かりました。つらいことやろうに、ようお話ししてくれはりました。けど、なんで今になってそのときのチキンライスを捜してはるんです？」

こいしが訊いた。

「両親には本当に申しわけないことをしたと思って、せめてだまし取られたお金を両親に返そうと必死で貯金をしてきました。十五年掛かりましたけど、なんとか九百万円貯《た》めることができたので、両親が元気なうちに返そうと思っています。そして二度と恋はしないでおこうと決めていたのですが、先月になって恋人ができたんです」

「おめでとうございます。九百万円も貯めるてすごいですやんか。なかなかできひんことやわ」

「ありがとうございます。なんとしても親に恩返ししないとと思って、歯を食いしばってきましたが、どうにかこうにか親不孝なまま終わらずに済みそうです。十五年は長かったですが、すべては身から出たさび。二度と失敗を繰り返さないようにしなければと思ったときに、どうしてもあのときのチキンライスをもう一度食べたくなって。本当はおばちゃんに会って謝りたいんですが」

よくあることだ。

食を捜してほしいという依頼の本音が、人捜しにあるのは当然と言えば当然のことなのだ。

もう一度食べたい食、すなわちそれを作ってくれた人、あるいは一緒に食べた人ともう一度会いたい。そう願わない人なんかいない。

「おばちゃんの名前なんか覚えてはりませんよね」

「覚えていないどころか、聞いてもいなかったので知らないんです」

「そらそやわね。名前聞く必要がないもん。なんかそのおばちゃんに結び付くヒント
があったらええんやけど」

こいしが腕組みをして白紙のページに目を落とした。

「ヒントになるかどうか分かりませんけど、おばちゃんの口癖っていうか、しょっち
ゅうつぶやいていた言葉は、今もはっきり覚えています」

「どんな？」

前のめりになって、こいしがペンをかまえた。

「――腹の黒いのはなおりゃせぬ――。テレビのニュースやワイドショーを観《み》ていて、
おばちゃんはいつもそうつぶやいてました」

「どうかなぁ。ヒントになるような、ならへんような」

こいしが首をかしげた。

「おばちゃんのことで印象に残っているのは、それぐらいしかなくて」

香織が声を落とした。

「分かりました。お父ちゃんにがんばって捜してもらいます」

こいしがノートを閉じると、香織は立ちあがって一礼した。

ドアを開けた瞬間、美味しそうな匂いが廊下の向こうから漂ってきた。

「さあ、お父ちゃんはどんな料理を作って待ってはるやろ。愉しみにしててくださいね」

自然と早足になるこいしのあとを香織が追いかけた。

「あと先になってすんまへんでしたな。お腹空きましたやろ」

待ちきれないように、食堂との境に掛かる暖簾から鴨川流が顔を覗かせた。

「いえ、こっちこそ勝手を言って申しわけありませんでした。市橋香織と言います。どうぞよろしくお願いいたします」

立ちどまって、香織が深く腰を折った。

「すぐにご用意しまっさかい、ちょっとだけ待っとぉくれやっしゃ」

茶色い作務衣《さむえ》を着て、白い和帽子をかぶった流は小走りで厨房に戻っていった。

「このお出汁の匂いからすると、和食がメインみたいやな。お酒はどうしはります？よかったら日本酒をお出ししますけど」

「お酒はあまり強くありませんが、せっかくなので少しだけけいただきます」

「こんな店やけどゆっくりしていってください」

こいしがパイプ椅子を奨めて、厨房に入っていった。

あらためて店のなかを見まわすと、どこか『南海飯店』に似ている。ビニールシートを張ったパイプ椅子も、神棚のよこに置かれたテレビもおなじ。きれいな店とはいいがたいが、掃除は行き届いていて清潔感がある。

「ぼちぼち寒ぅなってきましたさかいに、あったかいもんを多めにしました」

大きな丸盆に載せて流が運んできた料理からは湯気が上がっている。

「なんだかすごいご馳走ですね。こんなの見たことありません」

「かんたんに料理の説明をさせてもらいます。この小さいふた付き土鍋に入っとるのは牛スジと聖護院蕪《しょうごいんかぶら》の煮込み、七味を振って食べてください。これは寒ブリの照り焼き、刻んだ大葉と一緒に召しあがってください。こっちがカニ脚の天ぷら、ショウガ塩で食べてもろたら美味しおす」

香織の前にひとつずつ並べながら、流が料理に説明を加える。そのたびに香織はうなずいている。

「この長皿に載ってるのは、左から焼鯖《やきさば》の小袖寿司《こそでずし》、ウズラのつくね串、鰻《うま》巻き、フグの白子焼き、蒸し豚の黒ゴマ和《あ》え、金時ニンジンとチーズのフライです。どれも味が付いてますさかい、そのまま食べてもろたらよろしおす。こっちの白磁の丸皿はグジの細造りと、中トロの平造りを盛り合わせてます。グジのほうは、もみじおろしをようけ混ぜてポン酢で、中トロはワサビを山盛り載せて、ウニ醬油《じょうゆ》で召しあがってください。お揚げさんの焼いたんは、大根おろしをようけ載せて、ちょこっと醬油をかけてもろたら美味しおす。あとでご飯とおつゆをお持ちしますさかい、ゆっくり食べてください」

丸盆を小脇にはさんで、流が厨房に戻ると、入れ替わりにこいしが出てきて、日本酒の四合瓶と小ぶりのグラスをテーブルに置いた。

「埼玉のお生まれやと聞いたんで、こんなんをご用意しました。『鏡山《かがみやま》』の純米酒です。ちょっと甘みがあって、けど香りが抑えてありますんで、飲み飽きしません。うちが今一番気に入ってるお酒です。お好きなだけグラスに注いで飲んでください」

「こんなの一本飲めませんよ」

「無理に飲んでもらわんでもええんですよ。一杯でも二杯でも。お好きなように」

言いおいて、こいしも厨房に入っていき、香織ひとりが食堂に残った。

何から箸を付ければいいのか迷ってしまう。香織はそうひとりごちた。

『鏡山』の酒瓶を両手で持って、静かにグラスに注ぐ。コクッコクッと音が鳴り、グラスからふわりと酒の香りが浮かび上がる。なめるようにひと口飲んでから、香織が最初に箸を付けたのはグジの細造りだった。

白身の魚なのだろうけど、赤みを帯びたピンク色をしていて、口に入れるとねっとりと舌にまとわりつく。もみじおろしの辛みとポン酢の酸味がからんで複雑な味わいを口のなかに広げる。

カニの脚の身だけを揚げた天ぷらはショウガ塩という聞きなれない塩を付けて食べる。カニは何度も食べてきたが、これまで感じたことのない風味だ。それは金時ニンジンのフライもおなじで、ニンジンなんて数えきれないほど食べてきたが、フライにして食べるのははじめてのことだ。ましてやチーズと一緒に味わうなど考えたこともなかったが、なんの抵抗もなく喉を通っていく。

牛スジの煮込みが、どこか中華っぽい味がするのは、香辛料のせいなのだろうか。白ご飯といっしょに食べたいような気がする。

グラスの酒を飲みほした香織は、遠慮がちに二杯目を手酌した。

「どないです。お口に合《お》うてますかいな」

流は大ぶりの土瓶と湯呑をテーブルの端に置いた。

「こんな美味しい料理をいただけるとは夢にも思っていませんでした。どれを食べても本当に美味しいです」

香織が晴れやかな笑顔で応えた。

「よろしおした。こいしからちらっと聞いたんやが、チキンライスを捜してはるそうですな」

流はほうじ茶を土瓶から湯呑に注いだ。

「はい。東京の中華屋さんでいただいたチキンライスなんです」

串に刺したウズラのつくねを食べながら香織が答えた。

「さいぜん、こいしが聞きそびれたみたいなんやが、その『南海飯店』のおばちゃんを捜しあてることができたら、あなたのことを話してもよろしいか？　チキンライスをもういっぺん食べたいと思うてはることを」

「はい。もちろんです」

香織は躊躇なく即答した。

「こいしからざっと聞いたとこでは、どうやらそのおばちゃんのオリジナルメニューみたいですさかい、直接聞かんことには分からんように思いますんや。もしお会いしても最低限のことしか言いまへんさかい安心してください」

「今日お話ししたことをありのまま伝えていただいても大丈夫です。そうでないと、なぜわたしが今になってもう一度食べたいと思ったのか、お分かりにならないでしょうから」

「基本的にうちの探偵事務所は人捜しはしまへんのやけど、今回は特例ということで、まずはそのおばちゃん捜しからはじめることにしますわ」

「どうぞよろしくお願いいたします」

慌てて呑みこんだ香織は、むせながら中腰になって一礼した。

「お父ちゃん、食べてはる最中に余計な話したらあかんやん。ゆっくり食べてもらえへんでしょう」

「そやったな。えらい無粋なことしてすんまへんでした。つい気が急《せ》いてしもうたもんやさかい」

和帽子をとって、流が頭をかいている。

「いえいえ、こちらのほうがイレギュラーなことをお願いしてしまったのですから」

香織はほうじ茶で喉をうるおした。

「どうぞゆっくり召しあがってください」

流がまた厨房に戻っていった。

まだまだ料理はたくさん残っている。香織は自分でも驚くほどの日本酒を飲みながら、順に箸を付けていく。

さりげなく長皿に盛りつけてあるが、フグの白子焼きなんて超が付くほどの高級料理だ。刺身や鍋はどこでも食べられるが、美味しい白子はめったに出てこない希少な食材だ。銀座のフグ料理専門店へ連れて行ってくれたときに、毅彦がそう教えてくれた。

そのいっぽうで、ただ油揚げをあぶっただけの質素なものもある。一見アンバランスなようでいて、どれもが美味しいという糸で結ばれている。食通からほど遠いところにいる香織でもそれが分かるところに、この料理のすごさがあるのだろう。

「どないです。そろそろご飯をお持ちしまひょか」

八割がた料理がなくなったころを見計らったように、流が厨房から出てきて香織の傍に立った。

「お願いします。あんまり料理が美味しいので、ちょっとお酒をいただきすぎたようです」

言葉どおり香織は顔を真っ赤に染めている。

「こいし、土鍋ごと持ってきてくれるか」

流が厨房に声を掛けると、すかさずこいしは両手で持って土鍋を運んできた。

「炊きたてですさかい、ちょっと蒸らしが足らんかもしれまへん。ゆっくり食べてもろたほうがええ思います」

流が土鍋のふたを取ると、もうもうと湯気が上がり、甘酸っぱい香りが漂ってきた。

「チキンライスが好物やてお聞きしたんで、炊きこみご飯にしてみました。具は鶏肉とタマネギとグリンピースだけ。味付けは和風と洋風の真ん中へんですわ」

流がしゃもじで土鍋から飯茶碗《めしぢゃわん》によそうと、香織は中腰になって土鍋を覗きこんだ。

「こんなのはじめて。美味しそうですね」

「実を言うと、わしもはじめて作りました。急ごしらえやさかい、あんまり自信はおへんのやが、いっぺん召しあがってみてください」

流が飯茶碗を香織の前に置くと、こいしがその横に汁椀《しるわん》を添えた。

「美味しい」

ひと口食べるなり、香織が大きく目を見開いた。

「よろしおした」

「おつゆはコンソメふうのおすましです。ご飯は土鍋ごと置いときますよって、好きなだけ食べてください」

こいしと流が厨房に戻っていった。

なんとも不思議な味だ。たしかにお茶碗によそった炊きこみご飯なのだが、目をつぶって味わうとチキンライスそのものなのである。どういうことなのだろう。不思議に思いながらおすましに口を付けると、またおなじ思いになる。漆のお椀に入っているけれど、味わいはコンソメスープに近い。でもやっぱりおすましだ。まるでマジックを見ているみたい。

何より驚かされるのはその早業ぶりだ。

最初に出てきた料理を食べていたのは、わずかに三、四十分のはずだ。そのわずかなあいだにこのご飯を作ったということだ。こいしから話を聞いてすぐに思い付き、調理をはじめて短時間で完成させる。おつゆはともかく、炊きこみご飯のほうはただ炊くだけでもそれぐらいの時間はかかる。

炊きこみご飯を味わいながら、香織は廊下の両側にびっしり貼られた料理写真を思い浮かべている。あの料理のなかにも、こんなふうに即興で作ったものがいくつかあるのだろう。そしてそれはきっと、限りなく食べる側に思いを、心を寄せているのだ。だからこんなに美味しいものが作れる。

では、あの『南海飯店』のおばちゃんはどうだったのだろう。香織に心を寄せて、あのチキンライスを作ってくれたのだろうか。香織の心のなかでくすぶっているのは、その一点だけだといってもいい。

大食漢とは縁遠い存在だと思っていたのに、炊きこみご飯も二度お代わりし、料理も完食した。そして何より驚いたのは、四合瓶のお酒が半分ほどしか残っていないことだ。つまりは二合ほども飲んだことになるのだが、酔っているという自覚はまるでない。

箸を置いて手を合わせると、さほど間を置かずに流とこいしが厨房から出てきた。

「ごちそうさまでした」

「きれいに食べてもろて」

器をさげながらこいしが笑顔を香織に向けた。

「捜してはるのはこんなんと違いましたやろ」

流が土鍋にふたをした。

「ぜんぜん違うものでしたけど、とても美味しくいただきました。チキンライスといってもいろんなバリエーションがあるんですね」

香織が名残惜しそうに土鍋に目をやった。

「だいたい二週間あったらお父ちゃんが捜してきはるので、そのころに連絡させてもらいます」

「どうぞよろしくお願いします。今日のお食事代を」

香織が財布を手にした。

「探偵料といっしょにいただきますので」

「ほんとうに今日はありがとうございました。お話も聞いてもらって、美味しいものもたくさんいただいて、なんだか心が軽くなりました」

「よろしおした。しばらくお待たせしまっけど、ちゃんと捜しておきます」

「えらいお父ちゃん自信満々やね」

「自信とかやない。全力で当たりまっせ、っちゅう決意表明や」

「愉しみにしてます」

香織がくすりと笑って、店の外に出た。

「お気をつけて」

こいしが背中に声を掛けると、香織は振り返って会釈した。

ふたりは店に戻って後片付けをはじめる。流が土鍋を両手で持った瞬間、こいしが怒気を帯びた声をあげた。

「めっちゃむかつくわ。女の人から九百万円もの大金をだまし取るやなんて」

「そない大きい声を出さんならんことやない。世の中にはようある話や。人間っちゅうのはおろかなもんや。人をだまして金を持ってもけっして楽にはならん。寝覚めも悪いやろし、悪銭身に付かずていうて、すぐに出て行ってしまいよる。きっとその男も後悔しとるはずや。そんなよけいなこと言うてんと旅行の用意しとけよ。一緒に東京へ行くさかいにな」

「うちも連れて行ってくれるん？　嬉《うれ》しいなぁ、東京て何年ぶりやろ」

「遊びに行くのと違う。仕事しに行くんやていうことを忘れたらあかんで」

「はいはい。チキンライス捜しのお手伝いさせてもらいます」

こいしが肩をもむと、流はまんざらでもなさそうに目を閉じた。

2

二週間後の京都は秋が更に深まっていた。

どんよりと重い曇り空は、秋というより冬に近い感じがした。慣れた足取りで正面通を東に向かって歩く香織は、白いコーデュロイのパンツに、黒のダウンコートを羽織っている。

「こんにちは」

「ようこそおこしやす」

香織が引き戸を引くと同時に、こいしが明るい声で出迎えた。

「お待ちしとりました」

流は暖簾のあいだから顔だけを覗かせた。

「なんだかいい匂いがしてますね」

香織がダウンコートを脱いでコート掛けに掛けた。

「うちも味見しましたけど、ほんまに美味しかったです。愉しみにしててくださいね」

こいしはランチョンマットとスプーンをセットした。

「はい。しっかりお腹を空かせてきました」

「味は覚えてないて言うてはりましたけど、食べはったら思いださはる思います」

こいしが意味ありげに微笑《ほほえ》んだ。

やがて厨房から漂ってくる香りが変わった。それは二週間前にここで香織が食べた炊きこみご飯によく似た、甘酸っぱい匂いだった。

　どんなチキンライスが出てきたとしても、あの日食べたものとおなじかどうかなど、香織には判別できない。それほどに記憶が抜け落ちているのだ。

　香織には経験はないが、酔って記憶をなくすのとおなじなのだろうと思う。『南海飯店』に入っておばちゃんから聞かされたこと、その次の記憶は家に帰ってひどく落ちこんでしまったこと。そのあいだはすっぽりと記憶が消えてしまっているのだ。

　訊かれたから答えたものの、鶏肉がどれぐらいの大きさで、どれほどの量が入っていたかまで正確に覚えているわけではない。色についても赤くなかったことだけはたしかだが、白っぽかったような気もするし、桃色がかっていたようにも思う。その程度の記憶しかない。

「お待たせしましたな。特製チキンライスです」

　銀の丸盆に載せて流が運んできたのは、白い丸皿に盛られたチキンライスだ。とは言ってもふつうのチキンライスとは似て非なるものなのである。

　誰もが思い浮かべるチキンライスといえば、きまってケチャップ色に赤く染まっているものだが、目の前にあるそれは、ほんのりと桃色がかってはいるが白っぽいのだ。ぜんたいを眺めても、スプーンで少しなかをほじっても、ピラフだとかヤキメシにしか見えない。

手を合わせてから、スプーンで掬《すく》ったそれを口に運んでみる。熱々のチキンライスを吸いこんだ息で冷ましながら味わうと、二週間前の炊きこみご飯がよみがえってきた。甘酸っぱい香りがふわりと広がる。ふつうのチキンライスと違うのは鶏肉の食べ応えだ。三センチ角ほどの鶏肉がごろごろと混ぜ込んである。よく見ると鶏肉はかすかに赤く染まっていて、嚙みしめるとあの店の光景が頭に浮かんできた。

おばちゃんはたえず仕事をしていた。

大きな寸胴《ずんどう》鍋のスープをかき混ぜると湯気が上がり、なんとも言えずいい匂いが店中に広がった。ニンジンをゆっくりと輪切りにし、飾り包丁を入れる。よくあんな大きな包丁で細かな細工ができるものだ。と思えば今度はリズミカルな音を立てて、ダイナミックにキャベツの千切りをはじめた。そんなにたくさんの仕込みをする意味があるのだろうか。香織が行くときはいつも客はまばらだ。ボウルの氷水に浸《つ》けてあったモヤシのひげ根を一本一本取っている。こんな面倒な仕事をしても、気付かないお客さんがほとんどなんだけどね。そう言っておばちゃんは哀しそうに笑っていた。そうだ。思いだした。あのキッチンのなかでひときわ目立っていたのは、大きなケチャップの缶だ。

あのころはなんとも思わなかったが、今考えると不思議だ。あの店にはエビチリもメニューになかったし、ケチャップを使う料理なんてなかったように思う。なぜあんな大きなケチャップの缶があったのか。しかも有名メーカーのブランドではなかったような覚えがある。

ほんとうに食べものというのは不思議だ。食べているうちにいろんなことを思いだす。十五年という長い歳月を経ても、まったく色褪《いろあ》せていない。

たしかにこんなチキンライスだった。鶏肉はケチャップの味がするのに、ご飯のほうはリゾットのようなスープ味で、でも粘りはなくあと口もさっぱりしていた。

記憶があいまいなのだから、あのときのチキンライスとまったくおなじだと言い切ることもできないが、ぜんぜん別ものだとも言えない。ただ薄ぼんやりとだけど、あの日のおばちゃんの言葉や表情が、浮かんだり消えたりしているのはたしかだ。

あの日のチキンライスはこんなに美味しいものだったのか。あんなことさえおばちゃんが言いださなければ、じっくり味わうことができただろうに。

大きな疑問とともに、悔しいような、不愉快なような気持ちがない交ぜになる。

「どないです。こんなんと違いましたか」

ふいに現れた流が低い声を出した。

「すみません。正直なところ、記憶があいまいなので、これとおなじだったような気がしますけど、違うかもしれません」

香織はあいまいな答えかたをするしかなかった。

「料理っちゅうもんは、食べたほうは忘れとっても、作ったほうはちゃんと覚えてます。それがプロっちゅうもんですわ」

「ということは、あのおばちゃんにお会いになったんですね」

香織が背筋を伸ばした。

「お話しさせてもらいますわ」

流が香織の向かいに座った。

「名前もお聞きしてなかったので、きっと無理だと思っていました。ありがとうございます」

頭を垂れ、香織が目をうるませている。

「最初に東京へ行きましたんやけど、まったく手がかりはつかめまへんでした」

「すみません。わざわざ行っていただいたのに、わたしの記憶があいまいだったせいで」

「いやいや、なんにも気にしてもらうことおへん。こいしとふたりで、おのぼりさんツアーしてきました。こういうことでもなかったら、絶対に十条てなとこへ行かなんだ思います。東京にもこんなとこがあるんや言うて、えらいこいしは気に入っとぉったみたいです。肝心の『南海飯店』ですけど、七、八年前に店を閉めはったようです。ご近所のお店に訊きこみしたんでっけど、どこへ行かはったかは知らはりまへんでした。ハルさんて呼ばれてはったそうですわ。誰も姓名までは覚えてはらなんだ」

「ハルさん、ですか。そう言えば出入りの業者さんが、そう呼んでられたような」

香織が記憶の糸をたぐっている。

「お店を閉めはったんは、契約更新のときにテナント料で折り合わんかったかららしいと聞きましたさかい、おそらくどこかほかの場所でお店を続けてはるはずやと思うたんです。食いもん商売にもいろいろありまっけどな、食堂をやっとる料理人は、お客さんの喜ぶ顔を見とうて店をやってますんで、そう簡単にはやめられまへんのや。長いこと店やっとると屋号にも愛着がありますさかい、たぶんおんなじ『南海飯店』のはずや。そう当たりを付けて捜してみました」

「そういうものなんですか。てっきりお店をやめてしまったものと決めこんでいました」

「テナント料が折り合わなんだ、っちゅうことは続ける気持ちがあったという表れなんですわ。さぁ、ほしたらどこで代わりの店を捜すかとなりますわな。となると、もっと安い賃料の店を捜すはずです」

「それとのう調べてみたんですけど、東京のお店の家賃てめっちゃ高いですねぇ。びっくりしましたわ。京都も高いと思うてましたけど、ケタが違いますやん。その分お客さんの数も多いんやろけど」

こいしが横から言葉をはさんだ。

「わしやったらどうするやろ。そう考えて思い付いたんは故郷です。ハルさんは中国の生まれやったそうですけど、日本を離れることはないんやないかと思いました。子どものころに家族で日本に移住しはったんやから、それほど中国には思い入れがない。それより最初に日本で移り住まはった和歌山で店を開こうとしはったんやないかと推測しました。そこで思い当たったんが『南海飯店』っちゅう屋号ですわ」

「和歌山と南海がつながるんですか？」

香織が身を乗りだした。

「関東のかたにはなじみが薄いかもしれまへんけど、和歌山には南海電鉄っちゅう私鉄がありますねん。その南海かも分かりまへんけど、わしは海南市《かいなん》っちゅう地名に目を付けましたんや。海南をひっくり返したら南海ですやろ」

　タブレットの地図アプリを立ち上げて、流が海南市を指さした。

「お父ちゃんは元刑事やさかい、推理するのが得意ですねん」

「こいし、余計なこと言わんでええ」

　流が横目でこいしをにらんだ。

「おっしゃるとおり、南海電鉄というのは聞いたことがあるような気もしますが、海南市という地名は存じませんでした」

「ここまでたどり着いたら、あとは現場捜査だけです。と言うのもネット検索をこいしがしてくれよったんですが『南海飯店』っちゅう店には行き当たらなんだんです。わしの勘が間違《まちご》うとらなんだら、かならず見つかるはずやと思うて、海南市へ行ってきました」

「ありがとうございます。わたしにはとても思いつかないお話です」

「海南市っちゅうのが、思うたより広いとこでしてな、それだけは誤算でした。うろうろ歩き回っとったら、なんぞヒントが見つかるやろと思うとったんですが甘かったですわ。こら、ちょっと腰据えんとあかんなと思うて、ホテルを捜しましたんやが、頃合いのとこが見つかりまへんでして、なんとか一軒だけ予約できたんが幸いするんでっさかい、人間っちゅうもんはほんまに不思議ですわ。海っぺりに建ってるホテルですんやが、駅にもインターにも近《ちこ》ぅて便利なとこにありますねん。近所の居酒屋でそれとのう訊きこみをしました」

「お父ちゃんにとって訊きこみはお手のもんです」

こいしが口をはさむと、流が目でそれをとがめた。

「海南市というぐらいですから、海辺の街なんですね」

「海辺なんやが山のほうにも伸びとるんです。海っぺりからずーっと東のほう、ここに小さい神社があるんでっけど、ここへ行ってみたらどうや、て居酒屋のお客さんが教えてくれはったんで行ってみました」

「『杉尾《すぎお》神社』。この神社がなにか？」

流がディスプレイに神社の写真を映しだして見せると、香織は怪訝《けげん》そうな顔つきで首をかしげた。

「ただひとつ、あなたが覚えてはったヒント、――腹の黒いのはなおりゃせぬ――はこの神社の言い伝えにつながりますねん。くわしいことは省きまっけど、ここは〈お腹の神さん〉で有名なとこらしいて〈おはらさん〉て地元の人は呼んではるんやそうです。わしが居酒屋で――腹の黒いのはなおりゃせぬ――て節をつけて唱えたら、すぐに周りのお客さんが反応しはりましたさかい、地元ではよう知られとるみたいです」

「この神社とあのおばちゃん、いやハルさんがつながっていたんですか」

香織がディスプレイに目を近づけた。

「ハルさんの印象に強ぅ残ってたいうことは、この神社の近所に住んではったんやないかと思うて行ってみましたんや。けっこう急な石段を昇った上に神社が建っとるんやが、ええ佇《たたず》まいでした。この〈おはらさん〉がハルさんの居場所を教えてくれはったんです」

「神さまのお告げかなにかですか?」

「そんなようなもんです。お参りを済ませて石段を降りはじめたら、赤い看板が目に入りました。よう目をこらしてみたら『なんかい飯店』て読めました。これはもう絶対間違いない。そう確信してその店に行ったたっちゅうわけです」

「なんだかテレビドラマみたいですね」

「ときどき現実がドラマを超えることがあります。それを引き起こすのは人の思いっちゅうやつですわ。あなたが十五年前のチキンライスをもういっぺん味おうてみたい、と思わはった、その力が強かったんですなぁ。そしてその思いは料理を作ったハルさんもおんなじやったんです。『なんかい飯店』にはねぇ、〈チキンライス〉っちゅうメニューがありましたんや。最初はハルさんから話を聞いて、と思うとったんですが、なんにも余計なこと言わんと〈チキンライス〉を注文しましたんや。そしたらハルさんが、ふつうのチキンライスと違うけどええか、て訊かはりましたんで、もちろんそれでええ、て言うかそれを食べとうて京都から来たんやて言うたら、びっくりしはりましてな。それから話が弾んだっちゅうわけですわ」

「今いただいたのが、その『なんかい飯店』の〈チキンライス〉なのですか？」

「正確に言うとちょっと違います。お店で出してはるのは鶏肉がライスの上に載ってますねん。〈海南鶏飯〉やとか〈シンガポール風チキンライス〉やとか言われとるもんに近い料理でした。さいぜんお出ししたんは、ハルさんがあなたのために作らはった十五年前のもんとおんなじレシピです」

「〈シンガポール風チキンライス〉て実際にあるんですか？　ハルさんはそれをアレンジして作ってくれたということなんですか？」

香織が矢継ぎ早に訊くと、流がこっくりとうなずいた。

「わしらはチキンライスていうたら、ケチャップ味のを思い浮かべますけど、アジアでは鶏の炊きこみご飯っぽいほうが主流みたいです。と言うよりケチャップ味のチキンライスは日本独特のもんなんですわ」

「そうだったんですか。チキンライスと言えば赤いものだと思いこんでいましたから、意表を突かれた感じでした」

「あなたが好物やて言うたはったんは、その赤いチキンライスやと分かってたはずやのに、なんでハルさんはこんなチキンライスをあなたに食べさせようとしはったか分かりますか？」

流が訊くと、香織はおし黙ったままで、ゆっくりと首を横に振った。

「うちもなんでか分かりませんでした。せっかくメニューにない好物を作ってくれはったのに、別もんやったら嬉しないですよね。ケチャップがなかったんやろかと思うてました」

こいしがそう言うと、即座に香織はそれを否定した。

「ケチャップはありましたよ。それもかなり大きな缶に入っていて」

「こんな缶と違いましたか？」

流がディスプレイを香織に向けた。

「そうです、そうです。こんな缶でした。これも『なんかい飯店』にあったんですか？」

大きく目を見開いて香織が訊いた。

「これは〈ハグルマケチャップ〉いうて、和歌山で作っとるんですわ。ハグルマのロゴマークは南海電鉄のもんやったんやそうです。ハルさんは子どものころから、このケチャップに慣れ親しんではったんでしょうな。関西と違うて、関東の中華屋はんはケチャップを甘酢にしてよう使うと聞いて、このケチャップを使うてはったんやと思います。酢豚やとか天津飯にもケチャップをよう使わはります。せやから関西の人間が東京で天津飯食うたら、ちょっとびっくりしますねん。関西の天津飯っちゅうたら、たいてい塩味ベースのスープ餡《あん》でっさかいにな。人によっては、こんな出来損ない食えるか、て言うて怒って帰る人もあるんやそうです。天津飯っちゅうたらこんな味や、て思いこみがきつ過ぎるんですやろ。チキンライスもおんなじですわ」

流が意味ありげな視線を香織に向けた。

「ひょっとしてハルさんは……」

眉根を寄せて、香織は思いを巡らせている。

「問わず語りっちゅう言葉をご存じでっか？」

流が訊いた。

「なんとなく」

「まさにそれでしたんや。『なんかい飯店』でチキンライスを食い終わったら、ハルさんが感想を訊いてきはったんで、話を振ってみましたんや。これも旨《うま》いけど、ちょっとケチャップ味も欲しいなぁ、て。正直そう思うたんですわ。そしたらハルさんがこう言わはったんです。むかしいっぺんだけそういうのを作ったことがあるけど、二度と作らんて決めたんや、て。ほかにお客さんもやはらへんし、詳しいに訊いてもえかて言いました。そしたらハルさんが、十条にあった『南海飯店』の写真を見せてくれはりましてな、十五年前の話をしださはったんです。わしも最初はあなたの話をしよう思うたんでっけど、黙って聞くことにしました」

流がコップの水を飲みほしてひと息入れた。

「ハルさんもちゃんと覚えてはったんやて聞いて、なんやせつないなぁ思いました」

こいしが流と香織に茶を淹《い》れた。

「『南海飯店』の常連客に若い女の子がおって、娘のように思うてた。その子が彼氏を連れて来て、良かったなぁと思うてたら、次の日池袋のデパートで、その男が別の女性と買い物してるとこを偶然見つけた。最初は姉さんか妹かと思うたけど、手ぇつないでベタベタしてる。高そうなブランドバッグを買うて、支払いはその女性がしてた。よっぽど文句言おうかと思うたけど、もうちょっと様子を見ようと思うてあとを付けたら、ホテル街のほうにふたりで歩いて行った。二股掛けてるのか、それともホストかなんかの仕事をしてて、女性に貢がせてるのか、どっちにしてもええ話やない。けどそれをそのまま常連客の女の子に伝えてええもんかどうか、迷うに迷うたけど、結局よう言いだせんかった。その子がどんなに傷つくか分からん、っちゅう思いと、もうひとつは信じてもらえんやろという思いもあって、見たままのことは言わんかったけど、別れたほうがええとだけ言うてしもた。結果的にそれが中途半端なことになってしもて、それ以来その女の子は店に来んようになった。後悔してもし切れんのや、とも言うてはりました」

流がそう話すのを、香織は目に涙をため、うなだれて聞いている。

「肝心のチキンライスでっけどな、ケチャップ味とは違う、こんな料理もあるんや、なんでも思いこみはあかん。そう伝えとうて、シンガポール風チキンライスを出さはったんです。人間もしかり。彼はあなたが思うてるような男性やない。ぜんぜん別の面がある、そう伝えたかったんやそうです。けど、ちょっとはあなたの好みに合わせて、鶏肉だけはケチャップ味にしはったんです。変な親心が災いして、中途半端なもんになってしもうて、言いたいことが伝わらなんだ。なんであんなことしたんやろ。見たまま、ありのままを話したほうがよかった。そう後悔してはりました。複雑なような単純なような、人の気持ちっちゅうのは不思議なもんですなぁ」

「では、ハルさんにはわたしのことは？」

香織が訊いた。

「なんにも言うてまへん。ハルさんの問わず語りっちゅうか、ひとり語りを黙って聞いとっただけです。はじめてのお客さんに余計な話をしてしもた、て最後に謝ってはりましたけどな」

流が首をすくめた。

「きっと十五年間、ハルさんもそのことがずっと引っかかってはったんやろねぇ。誰かに言いとうてたまらんかったんやわ」

こいしがしんみりとした口調で言うと、香織は深いため息をついた。

「あのときそのことに気付いていれば、大金をだまし取られずに済んだんですよね」

香織は悔しそうに唇を噛んだ。

「人間っちゅうのは、そないうまいこと行かんもんです。人をだますより、だまされるほうがよろしいがな。無責任な言い方に聞こえるかもしれまへんけど」

流の言葉にこいしが大きくうなずいた。

「そんなことがあって、時間はかかったけど、結果的にご両親にはお金を返せたんやし、ええ人もできたんやし、よかったんと違います？　きっとこれからたくさんええことがある思いますよ」

「なぐさめていただいてありがとうございます。済んでしまったことは、もうもとに戻せないんだから、悔やんでもしょうがないですね。これからの人生をたいせつにしないと」

香織は自分に言い聞かせている。

「またお作りになるようなことは無いやろと思いますけど、いちおうレシピを書いときましたんで、参考にしてください」

こいしがファイルを差しだした。

「ありがとうございます。これですっきりしました」

晴れやかな顔で香織がそれを受け取った。

「わしも今回はええ勉強さしてもらいました。思いこみにはたえず気ぃ付けてんとあかんのやと。ついつい人間は一面だけを見て決めつけまっけど、別の見方もせんといかん。そう思うてはおるんやが、現実にはなかなかそうはいかんもんや。それともうひとつ。時間というもんはえらいもんや、ということにも気づかせてもらいました。あなたは十五年かけてリセットしはった。長いと言うたら長いけど、人生八十年とも九十年とも言われる今の時代やったら、大した時間やないんですわな」

「そう言っていただけると、いくらか気が休まります。二度とおなじ失敗をしちゃいけませんけどね。ほんとうにありがとうございました。前回のお食事代と併せてお支払いをさせてください」

「うちは探偵料も食事代も特に決めてませんねん。お気持ちに見合《みお》うた分をこちらに振り込んでください」

　こいしが折りたたんだメモ用紙を渡した。

「承知しました。帰りましたらすぐに」

　香織がメモを財布にしまいこんだ。

「気ぃつけてお帰りくださいや」

　店を出た香織の背中に流が声を掛けた。

「ありがとうございます」

　向き直って、香織がふたりに深々と一礼した。

「しあわせになってくださいね」

「はい」

　こいしの言葉に香織は満面の笑みで応え、正面通を西に向かって歩きだした。

「香織はん、忘れもん」

流が白い封筒をひらつかせている。

「はい？」

香織が立ちどまった。

「『なんかい飯店』の地図。住所と電話番号も書いときました。土日はお休みしてはりますさかいな」

流が封筒を香織に手渡した。

「ありがとうございます」

拝むようにして受け取って、香織がゆっくりと歩きだした。

見送ってふたりは食堂に戻った。

「ハルさんに会いに行かはるんやろか」

「決まってるがな。新しい彼を連れてあいさつに行きとうて、チキンライスを捜してはったんやさかい」

「やっぱりそういうことやったんか」

「ある意味では、香織はんにとってチキンライスてなもん、どうでもよかったんや。ハルさんとの接点がそれしか思い浮かばなんださかい、それを捜してはった」

「どうでもええ食を捜してたていうわけなんか？」

こいしが気色ばんだ。

「そんなこわい顔せんでもええ。言葉のあや、っちゅうやつやがな。どうでもええ、というのはちょっと違うかな。どんなチキンライスでもよかった、て言い換えとくわ。食いもんっちゅうのはそういうもんなんや。人生の曲がり角で出会《でお》うた食いもんのことは一生記憶に残る。食そのもんの記憶は飛んでしもても、それを食べたときの思いは死ぬまで忘れん。おかしな言い方になるかもしれんけどな、それをもういっぺん食うことで、そのときの気持ちをリセットできることもある。複雑な気持ちもあるやろけど、香織はんは前を向いて歩こうと決めはったんや」

流が仏壇の前に正座した。

「だますよりだまされるほうがええ。お母ちゃんもそう思う？」

こいしが写真の掬子に問いかけた。

「人間はな、だましだまされ生きていくもんや。なぁ、掬子」

「お母ちゃんもずっとだまされ続けてはったんかな」

こいしが横目で流を見た。

「神さんに誓《ちこ》うてそんなことはあらへん」

顔を引きしめて流が手を合わせる。

「そうなんやて。よかったなぁ、お母ちゃん」

こいしが線香をあげた。

第四話　五目焼きそば

1

高知龍馬空港を飛び立った飛行機は、上昇して安定飛行に入ったかと思えば、ほどなく降下をはじめ、大阪国際（伊丹《いたみ》）空港には五十分ほどで着く。文庫本を開く間もないのだ。

窓側の席に座った石崎珠江《いしざきたまえ》は、ずっと窓の外を眺めていた。

真冬の澄んだ空は、ジオラマのように地上の景色をくっきりと見せてくれる。山の上に建つ鉄塔や、白波を立てながら海の上を進む船、曲がりくねった川、まばらに建つ民家。飽かず眺めているうち、多くの高層ビルが建ち並ぶ大阪の街を通過した。

伊丹空港は改装していたようだが、思ったほどには変わっておらず、迷うことなく京都行のリムジンバス乗り場にたどり着けた。

高知空港に比べると、いくらか冷えるような気もするが、厚手のウールのコートだと暑く感じるくらいの気候だ。

師走だからなのか、発車五分前だというのに数人が並んでいるだけで、京都行のリムジンバス乗り場は閑散としている。

京都までの乗車時間はおよそ五十五分だ。飛行機とおなじでこちらもあっという間だ。高知の山奥に住んでいる身には、頼りないというか、運賃が割高に感じてしまう。

十五年も前になるだろうか。長女の郁美《いくみ》を連れて秋の旅行に来て以来の京都だ。紅葉見物に来たのだが、あまりの人の多さにふたりともくたびれ切ってしまったことを思いだす。

ちゃんと下調べしてきたつもりだったが、リムジンバスが着いた京都駅は、思っていたのと反対側だ。地下に降り、駅のなかを通り抜けて中央口へ出るまでに、何度か迷い、そのたびに駅員に訊《たず》ねてしまうのは、鄙《ひな》びたところに住み続けている人間の性《さが》なのだろうと思った。

中央口から駅の外に出ると、目印にしていた京都タワーが目の前に見えた。ここから先はもらった地図に細かく描いてあるから、それを見ながら歩けば迷うことはないはずだ。

それにしても寒い。伊丹空港でリムジンバスを待っているときはあたたかく感じたのに、京都駅を出たとたん寒風に震えあがった。

あのことがあってから、長く人が集まる機会は避けてきた。この夏、八年以上も出席しなかった同窓会に久しぶりに出て、せっかくだからと高知市内で一泊した。ホテルに泊まるのもあのとき以来だった。たまの贅沢《ぜいたく》もしなければ気がふさぐばかりだと思って、ホテルの近くの有名割烹《かっぽう》で夕食を摂《と》ったのだった。

久々に食べる新鮮な海の幸だったが、健夫《たけお》に食べさせられないことを悔しく思うばかりに、ついお酒が過ぎてしまった。お勘定を済ませ、ホテルの部屋に戻るとトートバッグのなかに見覚えのない雑誌が入っていた。

レジの横に置いてあったのを無意識に買ったのだろうが、酔っていたせいで記憶があいまいだった。翌朝よく見てみると「料理春秋」という料理雑誌で、ぱらぱらと眺めていて、ページの端っこにあった――食捜します　鴨川探偵事務所――という一行広告が目に留まった。

喉に刺さった魚の小骨のようなつかえが、これで取れるかもしれない。そう思ったものの、連絡先などはいっさい書かれていない。どうやってその探偵事務所にたどり着けるのか。

鴨川が地名だとすれば、京都か千葉かどちらかだろうが、苗字《みょうじ》だとすると調べようもない。なにかわけがあって連絡先を書いていないのだろうが、それだったらなぜ広告を出しているのだろう。

そう思っていたところに、天から健夫の声が聞こえてきた。

――縁がありよったら、ぜったい出会うけ。けんど縁がのうたら出会わんけの――

旅先でお目当てのお寺や神社にたどり着けないとき、決まって健夫はそんな言葉を口にした。

縁があるかどうかを、「料理春秋」の編集部に問うてみると、たまたま電話に出たのが編集長だったことで縁がつながった。事情を話すと快く連絡先を教えてくれ、ていねいに手描きの地図まで送ってくれたのだ。

きっとわたしを気の毒に思ったのだろう。同情を買う気などさらさらなかったが、そこを話さないと教えてくれないように思えて、事情を話したのだ。

烏丸通をまっすぐ北に歩く。七条通を越えて東側にわたる。そのまままた北へ向かって歩き、ふた筋目、法衣《ほうい》店の角を曲がって、正面通を東に進む。やがて右手に見えてくるモルタル造の二階建てしもたやが、目指す『鴨川探偵事務所』である。『鴨川食堂』という食堂の奥にあるのだ。ただし看板も暖簾《のれん》もないから見逃しがちだと編集長が教えてくれた。

目印ならぬ鼻印は美味《おい》しそうな匂い。鼻を利かせながら歩くこと。

大道寺茜という編集長が描いてくれた地図には、マンガの吹き出しのような注意書きがいくつか書いてあって、それを読むとくすりと笑ってしまう。

仏具関係の店が点在する界隈《かいわい》で、ぽつんと一軒だけ不愛想な構えの建物がある。鼻を利かせると、かすかだがお出汁《だし》の匂いが漂っている。

深呼吸をしてからコートの襟を合わせ、珠江は思い切って引き戸を開けた。

「いらっしゃい」

黒いパンツに白いシャツ。ソムリエエプロンを着けた若い女性が振り向いた。

場所は事細かに教わったが、どんな探偵なのかまでは聞いていなかった。この女性が探偵だとすると、少しばかり不安だ。

「『鴨川探偵事務所』はこちらでしょうか」

「はい。うちが所長の鴨川こいしですが」

「やっぱり」

珠江が落胆したような表情を見せた。

「ひょっとしたら石崎さんと違います？」

「ええ。石崎珠江ですが」

珠江は怪訝《けげん》そうな顔つきをこいしに向けた。

「茜さんから聞いてます。どうぞおかけください」

声を明るくして、こいしがパイプ椅子を引いた。

「編集長さんがわざわざ連絡してくださったんですか」

脱いだコートの置き場所を珠江が目で捜すと、こいしがそれを取ってコート掛けに掛けた。

「食を捜してはる人が四国から来はるかもしれんからよろしく、て。お名前だけしか聞いてませんでしたけど、なんとなく雰囲気でそうと違うかなぁと思うて。うちの勘も捨てたもんやないなぁ」

こいしはいくらか鼻を高くしている。

「ここは食堂なんですよね」

店のなかを見まわして珠江が念を押したのは、昼どきにもかかわらず客の姿が見当たらないからだ。

「はい。けど、ひとりもお客さんが来はらへん日もようけあります。見てもろたように、看板も暖簾もありませんし、宣伝もいっさいしてません。知ってる人だけ来てもろたらそれでええ、てお父ちゃんも言うてはるし」

「お父ちゃん？」

珠江は不安を隠さなかった。

「うちが所長をしてますけど、ほんまに食を捜すのはお父ちゃんのほうなんですよ」

珠江の頭のなかはますます混乱してくる。

「ようこそ、おいでやす。わしがそのお父ちゃん、食堂の主《あるじ》をしとる鴨川流です」

奥から出てきて、作務衣《さむえ》姿の流が茶色の和帽子を取った。

「どうも」

目を白黒させながら、珠江が軽く一礼した。

娘が探偵事務所の所長で、その父親が食堂の主人。しかし実際に食を捜すのは父親のほう。目まぐるしい展開に、珠江の戸惑いは増すいっぽうだ。

「石崎はんどしたな。だいたいの話は茜から聞いとります。お腹《なか》のぐあいはどないです？　おまかせでよかったら、なんぞお作りしますけど」

どんな人物かは聞いていなかったが、食堂で美味しいものが食べられるという話は編集長から聞いていた。

その料理人が実は食捜しの探偵だったのか。ようやく頭のなかを整理し、あらためて見直してみると、目つきこそ鋭いものの、流は美味しいものを作りそうな顔をしている。

「とつぜんお邪魔したのに大丈夫なのですか？」

「たいしたもんはできまへんで。今夜は常連のお客さんが忘年会をしはるんで、出張料理の用意をしとるんですわ。そんなんでよかったら」

「ありがとうございます。これもご縁でしょうから、いただくことにします」

「なんぞ苦手なもんはおへんか？」

流の問いに、珠江は無言で首を横に振った。

「ほな、すぐにしたくしまっさかい、ちょっと待っといてくださいや」

和帽子をかぶり直して、流はまた奥に引っ込んでいった。

「お酒はどうです？　四国の人ていうたらお酒強いんでしょ。寒いさかいよかったらお燗《かん》つけましょか」

「ありがとうございます。生まれは四国ではありませんので、強いっていうほどではないのですが、お酒はきらいじゃありません。せっかくですから一本つけてもらいましょうか」

「たしか四国のお酒もあったはずや思いますので、ぬる燗でつけて来ます」

こいしも流とおなじ、内暖簾の奥に入って行った。

それにしても、と珠江は思う。

古びてはいるが、けっして寂れてはいない。高知にはこんな食堂はたくさんあるが、客がひとりもいないという状況には出会ったことがない。繁盛しているというほどではなくても、たえず客のひと組やふた組はいるものだ。暖簾も看板も出ていないのだから、当然だとも言えるのだが、なぜそうしているのだろうか。なぞの多い父と娘に食捜しをゆだねても大丈夫なのか。おかしな料理が出てきたらどうしよう。

さほど間をおかず、流が運んできた料理を見た瞬間、珠江の心配は杞憂《きゆう》に終わった。

「こないせわしない時季に、のんびりメシなんか食うとったら、正月も来んのやないか。そんな気持ちも込めて、今夜の料理は作るつもりですねん。まぁ、その予告編やと思うてもろたらええ思います。上の木箱には手でつまんで食べてもらえるように、串料理を盛り込みました。左端から、生麩《なまふ》の柚子味噌《ゆずみそ》田楽、ウズラの串焼き、鯛《たい》の大葉包み揚げ、イカのウニ味噌焼き、近江《おうみ》こんにゃくの串煮です。どれも味が付いてますさかい、そのまま食べてもろたらよろしおす。下の箱は小さい椀《わん》に、わんこ蕎麦《そば》ふうに料理を盛ってみました。左上は鴨まんじゅうの餡《あん》かけ、上の真ん中は鰆《さわら》の西京《さいきょう》焼き、刻み柚子を載せてます。右端は牛ハラミの煮込み、実山椒《みざんしょう》の醬油《しょうゆ》漬けを振ってます。下の右は鰻《うなぎ》の笹《ささ》焼き、粉山椒《こなさんしょう》を振りかけて食べてください。下の左はたぬき茶そば、おろしショウガを餡に溶いて召しあがってください。どれも温《ぬく》い料理でっさかい、早めに食べてもろたほうが美味しい思います」

流が説明するたびに、珠江は目を上下左右に動かして、そのつどうなずいている。

「ちょうど高知の『亀泉《かめいずみ》』の純米吟醸がありましたさかい、ぬる燗でお持ちしました。〈土佐のはちきん〉てラベルに書いてますけど、たしか男勝りの高知の女の人のことを、はちきんて言うんでしたね？」

こいしが茶色い酒瓶のラベルを見せた。

「わたしに対する当てつけかしらねぇ」

珠江が鼻をつんと高くした。

「石崎さんは高知のかたやったんですか。そら、えらい失礼しました。そんな意味ちゃいますよ。石崎さんはおとなしいかたやし」

　こいしが小刻みに手を横に振ってみせた。

「分かってますよ。言ってみただけ。それに根っからの土佐っ娘《こ》じゃないですし」

　珠江が苦笑いした。

「奥で待ってますよって、食事が終わらはったらお越しくださいね。お父ちゃんが案内してくれますんで」

　小走りになって、こいしが奥へ消えて行った。

　しんと静まり返った食堂のなかで、珠江は手を合わせてから、信楽焼の徳利《とっくり》に手を伸ばした。

『亀泉』は健夫の好きだった酒だ。もちろん偶然だろうから、これも縁のなせるわざに違いない。手酌すると、徳利からは酒と一緒にこぽこぽと音が流れ出る。

『亀泉』はこんなに香りが立つ酒だったかと驚いたが、健夫が愛飲していたのは普通酒だったから、別ものなのかもしれない。

　喉を潤してから、珠江が最初に手に取ったのは、ウズラの串焼きだった。

　ウズラという鳥の肉を食べるのははじめてのことだ。卵があの小ささなのだから、当然ながら親鳥もスズメより小さく見える。串に刺したそれは、鳥の形そのままで、口に入れるには少し勇気が要《い》る。

高知の市内には焼鳥屋も少なくないが、ウズラを出す店はあるのだろうか。あれば行ってみたい。そう思うほどにウズラは美味しかった。

固い骨は出そうと思ったが、噛《か》んでみると意外にもろく、バリバリと骨ごと食べてしまった。焼鳥のタレよりも濃厚で、鰻の蒲焼《かばやき》にも似た味で、振ってあった粉山椒がよく効いている。

口直しになるだろうと、たぬき茶そばに箸を付けてみた。

刻み揚げの餡かけを京都ではたぬきと呼ぶことはテレビで知った。おろしショウガがポイントになることも知っていたが、茶そばというのははじめてだった。淡い緑色をした麺は、蕎麦《そば》というより、細いうどんといったふうな食感だ。それにしても、とろみのついた出汁が美味しい。けっして薄味ではないものの、あくまで味付けはやさしい。

『亀泉』を手酌する動きが速まる。

生麩というものもめったに口にしない。味噌汁の具に使うような麩とはまったく違って、もちっとした嚙み応えがなんとも言えない。麩そのものは特別な味を感じないが、柚子味噌と合わさることで、ほっこりとした旨《うま》みが口に広がる。京都独特のもののような気もするが、柚子畑に馴染《なじ》みが深いせいか、青柚子の香りに親しみを感じる。鰆の西京焼きにも柚子が使われているが、こちらは黄柚子の皮の苦みをうまく生かしている。

美食とはほど遠い暮らしを続けてきた珠江でも分かるほどに、鴨川流が作る料理はただものではない。あらためて店のなかを見まわし、そのギャップに首をかしげてしまう。

三十歳のときに石崎の家に嫁ぎ、柚子農家の嫁として四十五年という長い月日を、高知の山のなかで暮らしてきた。そのうちの三十五年ほどは、たまに高知市内に出るくらいで、ほとんどの時間は山のなかで過ごしていた。

自然のありがたさと怖さが常に同居していたが、そんな環境を望んでいた珠江にとって、それは苦痛でもなければ退屈でもなかった。あるがままに生きることの尊さを常に感じていた。

「どないです。お口に合《お》うてますかいな」

奥から流が出てきた。

「わたしのような田舎ものにも、このお料理の素晴らしさは分かります。口が腫れないかとさっきからハラハラしております」

「よろしおした。今日はご飯に蒸し寿司を用意してまっさかい、適当なとこで声を掛けてください」

「ありがとうございます。お嬢さまをお待たせしているでしょうから、もうご用意いただいても大丈夫です」

「なんや急《せ》かしたみたいになってしまいましたな。ゆっくり召しあがってもろたらええんでっせ」

「充分ゆっくりいただきました。こんなにゆったりとお食事したのは久しぶりです」

珠江は丸い笑顔を流に向けた。

おせじでもなんでもなく、これほどゆったりした気持ちで食事するのは、八年ぶり、いや九年ぶりになるのかもしれない。あの日のことを忘れようと思う気持ちが年数をあいまいにさせているのだろう。八年でも九年でもどっちでもいい。

美味しいものを食べながら、美味しいねと言い合える相手がいないのは、どれほどつらく寂しいことなのか。いやというほど思い知った年数など数える必要もないのだ。

「熱々ですさかい、火傷《やけど》せんように気ぃつけてくださいや」

銀盆に載せて流が運んできたのは、錦手《にしきで》のふた茶碗だ。

「京都の方は蒸し寿司をよく召しあがるんですか」

「よう、っちゅうこともおへんけど、寒い時季になったら蒸し寿司が恋しなるいう京都人は少のうない思います。わしもそのひとりでっけどな」

珠江の前に置いた茶碗のふたを流が取ると、もうもうと湯気があがった。

「具がたくさん載ってて、とっても美味しそうですけど、お酢の香りにむせますね」

「蒸し寿司はこうやないと。ほんまに熱ぉすさかい、気ぃつけとぉくれやっしゃ」

流が念を押したにもかかわらず、ひと口食べて珠江は、あまりの熱さに吐きだしそうになった。どうすればこんなに熱くなるのだろう。

高知にも蒸し寿司を出す店はある。市内の店へ食べに行ったことがあるのだが、健夫は温い寿司は気持ちが悪いといって食べなかった。

健夫の好物は田舎寿司だった。筍《たけのこ》だとかこんにゃくを煮たものをネタにした、文字どおり田舎の寿司で、高知に嫁いではじめてそれを見たときは、気持ち悪くて手を付けられなかった。

食べるということは案外保守的なもので、生まれ育ってきたなかで食べてきたものと違うと、拒絶反応を示してしまう。

それもしかし、ずっとおなじところで暮らすか、各地を転々とするかによって大きく違ってくる。健夫は前者の典型で、珠江は後者だった。だから生まれ育った岡山にはなかった蒸し寿司も、長崎や松江で食べていたせいもあって、高知で抵抗なく食べることができたのだ。

そうか。京都にも寿司を蒸すという習慣があったのか。

高知や松江、長崎で食べた蒸し寿司は、いくらか甘めの寿司飯だったが、それとは比べものにならないくらいに酢が効いている。流の好みだけでそうなっているのか、それとも京都の蒸し寿司はみんなこうなのだろうか。

添えられたすまし汁も京都らしいものだった。具は湯葉のみで、薄く葛でとろみが付けてある。ショウガの絞り汁が入っているようで、身体《からだ》の芯から温まってくる。気が付くと額にうっすらと汗をかいている。

箸を置いた音が聞こえたのかと思うほど、絶妙のタイミングで流が現れ、こいしが待つ探偵事務所へと案内された。

長い廊下を歩く。両側の壁にはびっしりと写真が貼られていて、そのほとんどは料理の写真だ。

「みんなご主人がお作りになったものですか?」

「レシピっちゅうのを書くのが苦手なもんで、こうやって写真に撮って残してます」

「このきれいなかたは奥さまですか?」

「きれいかどうかは分かりまへんけど家内です。亡くなる二年ほど前ですかなぁ。九州へ旅行に行ったときの写真ですわ」

「そうですか。お亡くなりになったんですか」

珠江がついたため息は、流が気付かないほど小さなものだった。

「早《はよ》ぅこっちへ来いて言いますんやが、やり残してることがようけありますさかい、もうちょっと待っててくれて言うてますねん」

先を歩く流が立ちどまって、笑顔を珠江に向けた。

そう言えば、と珠江は思った。

健夫からは呼ばれもしないし、あの世のことなど考えてみたこともなかった。

「あとはこいしにまかせまっさかい」

そう言って流が奥のドアをノックすると、すぐにドアが開き、黒のパンツスーツ姿のこいしが出むかえた。

「どうぞお入りください」

「いざ探偵さんと向かい合うとなると緊張しますね」

「気楽にしてください。こっちも緊張しますし」

ローテーブルをはさんで向かい合う珠江とこいしは、互いをけん制し合っている。

「ご面倒やと思いますけど、簡単でええさかい、これに記入してもらえますか」

こいしがバインダーを手渡すと、受け取って珠江は膝の上に置いた。

住所、氏名、生年月日、職業とすらすら書いてきた珠江は、家族欄でペンを持つ手を止めた。

「これは今のことでいいんですよね」

「はい？」

「今いない家族のことは書かなくてもいいのですか？」

「どちらでもいいですよ。亡くなってはっても、心のなかにやはるんやったら書いてもろてもええし」

「じょうずにおっしゃること」

書き終えて、珠江がバインダーを返した。

「石崎珠江さん。お住まいは高知県。失礼な言い方かもしれませんけど、ぜんぜん訛《なま》りがないんですね」

「生まれ育ったのは岡山で、三十歳になってから高知に住むようになったものですから」

「岡山て標準語なんですか？」

「そんなことはないと思いますよ。わたしは地方局のアナウンサーをしてましたので、人とお話しするときは自然と標準語になってしまうんです」

「局アナしてはったんですか。きれいな話し方しはるなぁて思うてましたわ」

「ありがとうございます」

「お茶かコーヒーかどっちがよろしい？」

こいしが立ちあがった。

「コーヒーをいただきます」

珠江の言葉を聞いて、こいしはサイドボードからコーヒーカップをふたつ取りだした。

こいしがコーヒーマシンのスイッチを押すと、またたく間にコーヒーの香りが漂ってくる。

「で、珠江さんはどんな食を捜してはるんですか？」

珠江の前にコーヒーカップが置かれた。

「五目焼きそばです」

「ていうたら、あの中華料理の？」

「ええ。たぶんそうだと思います」

「たぶん。つまり、食べてはらへんのですか？」

　こいしがノートを開いて、ペンをかまえた。

「ええ。どんなものか、見てもいないんです」

　珠江はこいしの目をまっすぐに見ている。

「詳しいに聞かせてください」

「今から十年近く前のこと。夫の健夫が北海道旅に連れて行ってくれたんです。高知空港から羽田を経由して旭川空港まで飛んで、レンタカーを借りて北海道を一周したの。愉《たの》しかったなぁ」

　コーヒーカップを手にして、珠江が目を輝かせた。

「車で北海道一周ですか。めっちゃええ旅ですねぇ。憧れますわ」

「そのとき最後に訪れたのが小樽《おたる》の街で、主人はそこで五目焼きそばをランチに食べようと言いだしたんです。でも、小樽ってお寿司が美味しいことで有名でしょ？　なぜ小樽まで来て、五目焼きそばを食べないといけないのか分からない。そう言ったら、主人は渋々あきらめたみたいで、結局お寿司屋さんに行ったんです」

「そういうことやったんですか。北海道旅の最後が小樽て、すごいロマンチックやし、うちかて珠江さんとおんなじように、お寿司をリクエストしますわ。五目焼きそばて、どこでも食べられそうやし」

　こいしはノートに五目焼きそばらしきイラストを描いている。

「きっとグルメ作家のエッセイかなにかに影響されたんだと思います。食通でも知られる池本幸太郎《いけもとこうたろう》という時代小説の作家が大好きで、主人は小説もエッセイもぜんぶ読んでいたみたいです。エッセイに出て来るお店や料理に憧れていましたから、きっと小樽の五目焼きそばもそのたぐいだろうと思いました。でも、それならわたしと一緒でなくても、ひとりで行けばいいだろうと思って、あのときはワガママを通して、お寿司屋さんに行ったんです」

「うちのお父ちゃんも池本幸太郎は大好きですわ。お父ちゃんは時代小説に出て来る料理をよう再現してはります」

　こいしは、三日前に流が作った小鍋料理のイラストを描いた。

「北海道って広いでしょ。一周するのに二週間掛かったんですよ。そのあいだにいろんなお店に行ったけど、お寿司屋さんは一度しか行ってなかったの。だからそっちを選んで当然だと思ったんです」

「二週間ですか。ご主人はもうリタイアしてはったんですね」

「うちは柚子農家だったので、収穫時期以外はゆとりがあったんです」

「ご主人は柚子を作ってはったんですか」

　こいしはノートに柚子のイラストを描いた。

「農家の仕事は家族ぐるみなんですよ。わたしも義母も一生懸命働いてきました。農家って女性が下働きしないと成り立たないのよね」

「失礼しました。農家さんとはあんまりお付き合いがないもんやさかい」

「わたしもおなじです。農家に嫁ぐなんて思ってもいなかったので、しばらくは音を上げそうになりました」

「岡山に生まれはって、局アナしてはったのに、なんで柚子農家さんに嫁がはったんです？　もちろんご主人に惚《ほ》れはったからやろと思いますけど」

　こいしは柚子のイラストを描きながら訊《き》いた。

「入社して三年目でした。高知の局に配属されまして、農家をレポートする番組のレポーターをしていました。当時の上司と馬が合わなくて、アナウンサーを辞めようかと思っていたときに、取材で訪れたのが石崎農園でした。むせかえるような、なんとも言えない柚子のいい香りに包まれていると、一生ここで過ごしたいと思ったんです」

「分かるような、分からへんような、やなぁ。うちも柚子の香りは大好きやけど、一生あの匂いを嗅いでたいかどうか」

　こいしが小首をかしげた。

「もちろんそれだけじゃありませんよ。健夫さんと話をしていて、こんなに自分が作った柚子を愛する人なら、きっとわたしのことも愛してくれるだろうと思ったんです。地方であっても、放送局のまわりにいる人たちって、ぎらぎらしているんです。言葉はじょうずだけど、お腹のなかでは何を考えているか分からない、っていう感じで、なんとなく信用できない気がしていました。だから朴訥《ぼくとつ》な健夫さんが余計に輝いて見えたのだと思いますけど」

「そんなご主人と結婚しはったんはいつなんですか？」

　こいしはノートの綴《と》じ目を手のひらで押さえ、ペンをかまえた。

「石崎に嫁いだのは三十歳のときでした」

「ということは四十五年前ですね」

　こいしが指を折った。

「ほんとうにしあわせな日々でした」

　珠江は細めた目を天井に向けた。

「ご主人はいつお亡くなりになったんです？」

「二〇一一年三月十一日です」

こいしの問いかけに、珠江は間髪をいれずに答えた。

「二〇一一年三月十一日……て、ひょっとして、あの……」

「そう。東日本大震災です」

「でも、住んではったんは高知ですよね」

こいしは、ひと膝前に出して身を乗りだした。

「旅行中だったんです」

「ご主人おひとりで？」

「いえ、わたしも一緒でした」

「で、ご主人だけ亡くならはった」

珠江がこっくりとうなずき、しばらく沈黙が続いた。

木枯らしが吹き始めたのか、ときおり窓ガラスがカタカタと音を立てる。珠江はそのたびに窓に目をやり、小さなため息をつく。三度ほどそれが繰り返されたところで重い口を開いた。

「北海道旅行の次は早春の東北を縦断しよう。そう主人が言ってくれたんですが、最初はあんまり乗り気じゃなかったんです。人一倍寒がりなので、暖かいところのほうがいいなぁと。思ったままを言えばよかったと今になって後悔しています」

珠江が唇を噛んだ。

「次々と旅行に行かはるぐらい、おふたりはむかしから旅行好きやったんですか」

ノートの上にペンを置いてこいしが遠慮がちに珠江の顔を覗《のぞ》きこんだ。

「石崎の家に嫁いでから、三十年以上ものあいだ、懸命に働きました。義父母が亡くなってからは、ふたりだけで柚子畑を守り育て、冠婚葬祭以外で高知を離れることなどまったくなかったんです。おかげさまで柚子も順調に育ち、子育ても一段落したことだし、人生の終着点も見えてきたから旅行にでも行こうか。そう主人が言ってくれて、それからです。ふたりで旅行へ行くようになったのは」

「そうやったんですか。ええご主人やないですか。奥さんに感謝してはったんや」

「ぶっきらぼうな主人でしたから、感謝の気持ちだとか、そんなことは言葉にはしてくれないんですよ。だからわたしは、自分だけ旅行に行くのは気が引けるから、わたしもついでに連れていってくれるのだとずっと思っていました」

「おとこの人て、みんなそうなんと違います？　結果的にあちこち旅行に行けて良かったですやん」

「それはそうなんですが、あの地震さえなければ。あのとき東北に行ってなければ。

主人が亡くなってから何百回、何千回そう思ってきたか分かりません。悔やんでも悔やみきれません」

珠江の頬をひと筋の涙が伝った。

「地震で亡くならはったて、どんな状況やったんですか？　思いだすのもつらいかもしれませんけど」

こいしの問いかけに、少しばかり間をおいてから、珠江が口を開いた。

「青森からはじまったドライブ旅の四日目でした。お昼前ごろに大船渡《おおふなと》へ着いてお昼ご飯を食べました。アワビ入りのラーメンがあると主人が言うものですから、素直にしたがってそれを食べました。小樽のときと違って、この東北旅ではほとんどすべて主人が奨《すす》めるままに行動していました」

「アワビが入っているんですか。東北らしい贅沢なラーメンですね」

「秋刀魚《さんま》でお出汁を取っているみたいで、あっさりしていてとても美味しかったです。量もしっかりあって、お腹いっぱいになって、すごく眠くなったんです。眺めのいい海辺のリゾートホテルを予約していましたが、まだチェックインできないということで、近くの駐車場に車を停《と》めてお昼寝することにしたんです。寒いときでしたが、車の窓を一センチほど開けておくと、さざ波の音が聞こえてきて、子守歌のようになってふたりともぐっすり眠ってしまいました。一時間以上経《た》ったころでした。車がひっくり返ってしまうんじゃないかというくらいの激しい揺れに襲われました。最初は何が起こったのか分からなかったのです、まわりの様子を見てやっと地震だと分かったんです。岡山も高知もあまり地震の多い地域ではありませんでしたから、はじめてのことに足が震えました。大きな声をあげることも、うろたえることもなく、主人は冷静でした。傾いている家や、ぺしゃんこに潰れている家もありましたから、そうとう大きい地震だと分かって、早く頑丈なホテルに移動しようと言いました。ふと山のほうを見るとがけ崩れもたくさん起こっていて、一刻の猶予もないだろうと思い、急いでホテルのほうに向かいました。阪神・淡路大震災を経験した身として、一番怖いのは火災だと思っていましたし、あとは道路を含めたインフラ。その意味でも七階建てのホテルに速やかに移動するのが正しいと思いこんでいました」

「うちらもあの神戸の地震は今でも思いだします。さいわいこの家も大した被害はありませんでしたけど、テレビで観《み》てて神戸の街が火の海になってるのはショックでしたわ」

「森林のなかで育った人ですから、山火事にならないようにだけ気を付けていたんだそうです。なので、わたしも津波なんてまるで頭にありませんでしたし、海が怖いとも思いませんでした。ですからホテルに向かって海沿いの道路を走りながらも、きれいな海だねぇ、なんてのんきなことを言い合ってました。まさか海があんなふうに牙をむいてくるなんて、かけらも想像してませんでした」

当時を思いだしてか、珠江がぶるっと身震いした。

「うちもテレビで観てましたけど、水て怖いんですね。こないだの台風のときもそやったけど、海やとか川で泳いでたわけやないのに、水死することがあるんやなんて思いもしませんわ」

「わたしも主人も、海とはあまり縁がなかったものですから、それが異変だとは気づきませんでした。海沿いの道を走っていても、道路が陥落していないかとか、亀裂が入ってないかばかりが気になって、気が付いたときはもう遅かったんです。海がどんどん迫って来る。ひょっとしてこれが津波？　とふたりで顔を見合わせたときにはもう、タイヤが水音を立てはじめていました。右手が山でしたので、そっちに逃げようと思ったのですが、山へ向かう道がない。やっと見つけて、主人は急ハンドルを切って狭い山道を上っていくのですが、水も一緒にかけ上がってきて、車が浮きはじめました。——こんなとこで死ぬわけにはいかんき——そう言って主人は必死にハンドルを動かすのですが、どんどん流されて行って、とうとう窓の近くまで迫ってきました。

車に残ったほうがいいのか、外に出たほうがいいのか、一瞬迷いました。――早く外に出ろ――と主人が怒鳴ったのでドアを開けようとしたのですが、水圧でびくともしない。もうこれまでだと思ったときに、主人が――ありがとう。これまでありがとうな――と言ってくれて。ああ、ここでこのままふたり一緒に死んでいくんだと覚悟を決めました。そして気が付いたら、わたしは車から投げ出されたみたいで、倉庫の屋根に横たわっていました。まわりは泥水の濁流で、主人が乗った車などまったく見当たりませんでした。長く行方不明のままでしたが、震災から半月経った日に遺体が見つかりました」

珠江は冷めたコーヒーを口にし、ひと息ついた。

「大変やったんですねぇ」

「思いだすだけでも身震いします」

珠江の声が少しずつ低くなった。

「かんじんのお話に戻りますけど、なんで今になってその五目焼きそばを捜そうと思わはったんです？」

「今になって、あのとき小樽で五目焼きそばを食べていたら、何かが変わっていたかもしれないと思うようになったんです。主人はふだん寡黙な人でしたから、何も言わずに引き下がったけど、本当は反論したかったんじゃないかしら、とか、いろいろ思うわけですよ。主人に逆らったのはあのときだけだったんです。今になってそれがとても心残りで。遅ればせは承知の上で、主人が食べたかった五目焼きそばを食べてみたくなりました。そしてもうひとつ。ずっとそのことが気になっていて、主人が亡くなってから、人前に出るのもおっくうになってしまって、進んで旅行に出ることもなかったのですが、それじゃいけないなと思うようになりました。きっと主人もそんなことを望んでいないでしょうし、主人との思い出をたどりながら、もう一度旅を愉しんでみたい。そう思いはじめて、あの日の五目焼きそばのことを解決しておきたいと思ったんです」

「なるほど。よう分かりましたけど、手がかりはなんにもないんですよね。小樽やというだけで、お店の名前やとか、どういう五目焼きそばなんか、とかご主人は何も言うてはらへんかったんですね」

「残念ながら何も……。お店の名前に数字が付いていたような気もしますが、たしかではありません。ただ二軒目ぼしいお店があって、そのどっちがいいか迷っていると言ってたことだけは憶《おぼ》えています。はっきり行きたい店が決まっているんじゃない。そんなあいまいなことだったら、余計にお寿司屋さんのほうがいいと思ったんです」

「あとはお父ちゃんにまかせるしかないな。なんとか捜しだしてくれはる思います」

きっぱりとそう言い切って、こいしはノートを閉じ、ペンを置いた。


「どないや。あんじょうお聞きしたんか」

食堂で待ちかまえていた流は、ゆっくりとカウンター椅子から立ちあがった。

「ちゃんとお聞きいただきましたが、わたしの記憶がおぼつかないもので」

「今回は難問やで」

「今回は、ていっつも難問やないか」

流が苦笑いした。

「どうぞよろしくお願いいたします」

珠江が深々と頭を下げた。

「だいたい二週間あったらお父ちゃんが捜してきはるんで、そのころにまた連絡させていただきます」

「ありがとうございます。そうそう、今日のお食事代をお支払いしないと」

「うちは探偵料と一緒にいただくことになってますんで」

「承知しました。それでは連絡をお待ちいたします」

　店を出た珠江は、正面通を西に向かって早足で歩いてゆく。

　背中を見送って、ふたりは店に戻った。

「何を捜してはるんや」

　流がカウンター椅子に座った。

「五目焼きそば」

　こいしがノートを広げて見せた。

「どっかの店のか？」

「小樽のお店らしいけど、珠江さんは食べてはらへんから、どこの店のどんな焼きそばかぜんぜん分からへん」

「小樽か。なんで小樽で五目焼きそばを」

　流が首をかしげた。

「誰でもそう思うわなぁ」

　こいしが茶を淹《い》れている。

「隠れた名物かもしれん。ご当地グルメっちゅうやつやったら、すぐに捜せるやろ」

「ほな、もう捜しだしたんも一緒やな。小樽の現地調査にうちも連れていってや」

　こいしが甘い声をだした。

「飛行機代も高《たこ》ぅつくさかいなぁ」

「大丈夫。チケットショップ行って、安いのん買《こ》うてくるし」

こいしが背中をはたくと、流は顔をしかめた。

2

二週間後と聞いていたが、鴨川こいしから珠江に連絡が入ったのは十日後だった。

自宅を出て、高知空港、伊丹空港、ＪＲ京都駅と、目指す『鴨川探偵事務所』へ近づくにつれて、クリスマスの飾り付けが増えてくる。京都駅の地下街にはクリスマスソングが流れていた。

山村に生まれ育った健夫は、クリスマスとは縁遠く、結婚してからもクリスマスだからといって、ふだんと違うことは何もしなかったが、虫の報《しら》せでもあったのか、亡くなる前の年のクリスマスには、高知市内のホテルへクリスマスディナーを食べに連れて行ってくれた。

食事を終えてホテルの部屋に戻ると、きれいに包装されたクリスマスプレゼントが用意してあり、武骨な指でオープンハートのネックレスを付けてくれたのだ。

——大丈夫ですか？　熱でもあるんじゃないですか？——

照れくささもあって、そんな冗談を言いながら、嬉《うれ》し涙を流したのだった。

そんなことを思いだしながら、烏丸通を北に向かって歩く。

昼間でよかったと思った。クリスマスイルミネーションがきらきらと光る夜道をひとりで歩けば、きっと胸が締め付けられる思いになっただろう。

それもしかし表通りだけで、細い正面通に入ってしまえば、ふだんどおりの空気が流れていて、クリスマスのかけらもない。

「こんにちは」

「おこしやす」

この前と違って、出迎えてくれたのは流のほうだ。

「お待ちしとりました。ちゃんと捜しだしてきましたさかい、愉しみにしてとぅくれやす」

「お嬢さんはお出かけですか？」

珠江が赤いウールのロングコートを脱いで、コート掛けに掛けた。

「動物病院へ行っとります。飼い猫やないんでっけど、こいしによなついてる猫がいましてな。ひるねっちゅう名前を付けてこいしが可愛《かわい》がっとるんですが、ここしばらく調子が悪いみたいで、今朝もぐったりしとったんでお医者はんにみてもろてますんや。なんや入院ささんならんみたいで、たいそうなこってすわ。もうじき帰ってくる思います」

「そうでしたか。飼ってらっしゃらないのに、よく面倒をみられてますね」

「こいしは飼《こ》うてる気分ですやろ。こんな食べもん商売してますさかいに、わしが頑として家に入れんだけで。自転車の前カゴがひるねの住まいですわ」

「お嬢さんには申しわけないけど、わたしもご主人とおなじです。犬も猫もきらいではありませんが、食べもの屋さんにいると、いい気持ちはしませんね。いろんなことが気になって、食べることに集中できないんです」

「そうでっしゃろ。動物好きとこれは別の問題やてこいしには言うとるんですが」

「噂《うわさ》をすればなんとやら。お帰りになったんじゃありませんか？」

　珠江の言葉どおり、自転車のブレーキ音がして、がらがらと引き戸を開けてこいしが戻ってきた。

「どうやった？」

建前は別として、流も気になっているようだ。

「ひるねももう歳《とし》やさかいなぁ。風邪が長引いてるんやて」

珠江に一礼して、こいしが白いダウンジャケットを脱いだ。

「猫も風邪ひくんかいな。それはええとして早ぅ支度せんと。珠江はんにはずっと待ってもろてるんやで」

流がゆがめた顔をこいしに向けた。

「いえいえ、さっき来たばかりですから。それに、何も急ぎませんし」

「すんませんでした。すぐに用意しますよって」

こいしが急いで黒いソムリエエプロンを着けた。

流とこいしが厨房に入っていくと、食堂のなかはしんと静まり返った。

それとは逆に、厨房からはにぎやかな音が響きはじめる。フライパンを火にかけた音。皿を並べる音。何かを切っている包丁の音。そこに混ざり合うふたりの声。

どうやら調理がはじまったようだ。

いよいよあの日食べ損ねた五目焼きそばと対面できるのだ。はたしてどんな料理が出てくるのだろうか。

きっと流は小樽まで出向いて捜しだしてきたのだろうが、健夫が一緒に食べようとしていた五目焼きそばがそれかどうかは判別できない。

うろ覚えで店の名前のヒントになるだろうことを伝えたが、それとてたしかではない。そんな気がする、という程度だ。健夫の口から五目焼きそばという言葉が出た瞬間から、珠江の関心は寿司に移ってしまっていて、健夫の言葉はほとんど耳に入ってこなかったのだから。

音がだんだん大きくなる。フライパンを激しく動かす音がする。そばを炒《いた》めているのだろうか。芳《こう》ばしい香りが漂ってくる。珠江はごくりと生つばを呑《の》みこんだ。

「今日はお酒はどうしましょ？」

暖簾のあいだからこいしが顔を覗かせた。

「ちゃんと味わって食べないといけないので、今日は遠慮しておきます」

「ほな、あっちのお店とおんなじようにお水をお出ししますわ」

こいしが引っ込むと、代わりに流が首を伸ばした。

捜して欲しいと頼んだものの、いざそのときが迫ってくると、なんのためにそれを食べようとしているのかが分からなくなってきた。

こいしを納得させるために、あれこれと理由を話したものの、それがこじつけだということは自分でもよく分かっている。それを食べたからと言って、これからの自分の人生が大きく変わるかといえば、たぶんそんなことはないに決まっている。望む望まないにかかわらず、最期《さいご》の日まで、ずっと柚子と寄り添いながら生きていくのだろう。

「お待たせしましたな」

小走りで厨房から出てきた流が、銀盆に載せた丸皿を珠江の前に置いた。

五目焼きそばという言葉から、珠江は勝手に炒めたそばだと決め込んでいたが、目の前に出てきたのは、五目餡がたっぷり載った焼きそばだった。

もうもうと湯気を上げ、中華料理独特の脂っぽい匂いが立ちのぼっている。

「出来たて熱々なんですね」

「熱いうちに食べとぉくれやす。この料理は熱さもごちそうのうちでっさかい」

「お口のなかを火傷せんように気ぃ付けてくださいねぇ。うちも試食したときに口のなかが火傷だらけになってしまいましたわ」

こいしがコップに入った冷水とピッチャーを皿の横に置いた。

たしかに油断すると火傷しそうなほどの熱さだ。箸を持つ手を近づけただけで五目餡から熱が伝わってくる。だからといって冷めるのを待っていたら美味しくないだろう。

具沢山《ぐだくさん》とはこういう料理のための言葉だ。餡には豚肉、白菜、筍に海老《えび》、モヤシとニンジン、しめじにグリーンピースまで入っている。五目どころか八目餡だ。

たっぷりの餡に隠れている麺には、ほどよく焦げ目がついている。数本の麺を引っ張りだし、餡を絡めてゆっくりと口に運んだ。

想像していた以上に濃い味だが、麺と一緒に食べればちょうどいい。とろみが強いせいで麺を持ち上げにくい。箸を重く感じてしまう焼きそばははじめてだ。

ひと口食べて思ったのは、いかにも健夫の好きそうな料理だということ。

味噌汁でも麺類でも、具がたくさん入っていないとダメな人だった。いかにも濃い味を好んだ健夫らしいセレクトに、思わず苦い笑いが込みあげてくる。

そうか。二週間ものあいだ、ずっと珠江の好みに合わせていて、最後くらい自分の食べたい料理に付き合って欲しいという思いだったのだ。

北海道旅行をあらためて思い返せば、ずっと柚子畑の世話をさせ続けた珠江を不びんに思い、健夫は精いっぱいのもてなしに努めていたのだ。本当は札幌《さっぽろ》でもジンギスカンを食べたかっただろうに、珠江の好物の蟹《かに》料理を選んだし、お昼どきだって、蕎麦屋さんよりラーメン屋に行きたかっただろう。きゅうくつそうな古いジャケットで、微笑《ほほえ》みながらホテルでフレンチディナーを食べていたけど、心のなかでは炉端焼きの店にでも行って、あぐらをかいて寛《くつろ》ぎたかったに違いない。

長い北海道旅行のなかで一度ぐらいは、自分の好物を存分に食べたい。健夫がそう思っていたことを、この五目焼きそばが教えてくれているのだ。

食べ進んでもなかなか冷めない。量もほとんど減らない。今ここに健夫がいたら、どんなに喜んだだろう。柚子を収穫するときのように、満面の笑みを浮かべながら鼻歌を歌いだしたかもしれない。

あなたが食べたかった五目焼きそばは、こんなにボリュームたっぷりで、こんなに美味しいものだったんですね。語りかけても返事がないのは心底つらい。食べものの恨みは恐ろしいと言うけれど、ひょっとして恨んでいたのだろうか？　こうして捜しだしたのだから、許してくれるだろうか。

珠江の目が潤んだ。

「お口に合うてますかいな」

流が珠江の傍らに立った。

「はい。とても美味しくいただいてます。ぜんぶ食べられるかしらと思ったのですが、もうこんなに」

小指で目尻を拭ってから、珠江は皿を流に向けた。

「よろしおした。わしも小樽の店で食べたとき、おんなじように思いました。結局は完食しましたけどな」

「やっぱり小樽まで行っていただいたんですね。ありがとうございます」

腰を浮かせて珠江が頭を下げた。

「座らせてもろてもよろしいかいな。お話をさせてもらわんとあきまへんさかいに」

流はテーブルをはさんで珠江と向かい合った。

「ぜひお聞かせください」

「いっつもはね、どないでした？　捜してはったんはこれでしたか？　てお訊きするんでっけど、今回は勝手が違うもんやさかい、ちょっとまごついとります。奥さんはもちろん、亡《の》うなったご主人も食べてはらへんのやさかい、お出ししたもんが合うとるかどうか分かりまへん。お話を聞いて、わしなりにあれこれ推測して、たぶんこれやないかと思うたもんを作ってみましたんや」

「ほんとうに厄介なことをお願いしてしまって。でも、これをいただいて主人の気持ちもよく分かりましたし、すっかり気分が晴れました」

「よろしおした」

「小樽のどんなお店のものだったか、お教えいただけますか」

「ここですわ。『八番館』っちゅう街の中華屋はん。亡うなったご主人が、屋号に数字が付いてるやとか、二軒のうちどっちか迷うてる、て言うてはったみたいなんで、この『八番館』と『三菜飯店』の二軒に目星を付けたんですわ。どっちも小樽では五目焼きそばで人気の店でしてな。そうそう、そもそも、なんで小樽で五目焼きそばかて言うたら、五目餡かけ焼きそばは、知る人ぞ知る小樽の名物料理やったんですわ。わしも知らなんだんですが、昭和三十年ごろから小樽のあちこちの店で出すようになったんやそうです。戦前に京都の料理人を雇うた中華屋はんで、まかない料理として出してたんが広まった、っちゅう説もあるみたいで、詳しいことはよう分かっとらんみたいです。小樽っちゅうとこはことのほか寒いとこでっさかい、餡掛けやったら身体が温《ぬく》たまるし、ボリュームもあるさかい腹持ちもええ。そんなことで広まったんでっしゃろな。奥さんもそうやったように、小樽っちゅうと、どうしても寿司やとか海鮮もんに目ぇが行きがちですわな。それであんまり有名やないんやろけど、わしも小樽の何軒かで五目餡かけ焼きそばを食べましたんやが、なかなか旨いもんです」

「そうだったんですか。それで小樽の五目焼きそばを食べたかったんですね。てっきり二週間の北海道旅行でがまんしていたのを、小樽で取り返そうと思っていたものとばっかり」

珠江が口もとをゆるめた。

「ご主人が食べたかったかどうかは、わしには分かりまへん。けど、奥さんと一緒に食べようと思うてはったことだけは間違いおへん」

流は真正面から珠江の目を見つめた。

「わたしはとくに五目焼きそばが好きなわけではありません。なぜ主人はわたしと一緒に食べたいと思ったのですか？」

「こっから先はわしの憶測やさかい、見当はずれかもしれまへん。そのつもりで聞いとぉくれやす」

流が座りなおすと、珠江は背筋をまっすぐに伸ばし、前かがみになった。

「ご主人は池本幸太郎のファンやったそうですな。わしも昔から好きで、小説はほとんどぜんぶ読んでます。けどエッセイはあんまり読んでへんかったんですわ。それでちょっと読んでみましたんやが、食いもんの話はさすがにじょうずに書いてますわ。今の作家はんらはうんちく話が多いんでっけど、池本はんは違います。ちょっとした機微が効いとって、がんちくがありますねん。食いもんの話やのに、ほろっとさせられたりします。なんちゅうても、食いもんの描写はさすがですなぁ。読んでるとよだれが出ますわ」

〈むかしからの味〉と書かれた池本幸太郎の文庫本を、流が珠江の前に置いた。

「たしかこの本も主人の本棚にあったように思います」

珠江は小さくうなずいた。

「そうでっしゃろ。池本ファンやったらみな読んでるみたいですわ。このなかに五目焼きそばの話が出てきますねん。ただ、小樽の話やないんです。信州の旅日記みたいなとこに出てきます。おそらくご主人はこの話を読んではった思います。奥さん、ちょっと読んでみてもらえますやろか」

流がページを開いて、文庫本を珠江に向けた。

「——五目焼きそば　五目汁ソバより五目餡かけ焼きそばのほうが味に深みがある。なぜかというと麺の存在が大きいからで、地味な麺は派手な五目餡のかげに隠れているが、実はこちらが主役なのである。五目汁ソバの麺なんぞはずっとツルッとしていて、最後まで同じ味なのだが、五目餡かけ焼きそばは違う。フライパンに接することを免れた、するりと艶っぽい麺と、フライパンにずっとくっついていて、武骨に焦げた麺と、その中間もあって、いろんな麺の味が愉しめる。しかしそこにはなんの法則性もなければ、無論計算ずくでもない。ただの気まぐれなのである。かねがね思っているのだが、五目餡かけ焼きそばの麺は、なんとなく連れ合いに似ている。男というものは主役のような顔をしてエラそうにしているが、かげで支えてくれる家人が居るから安心して主役を演じられるのである。本当の主役は連れ合いのほうだ。感謝の気持ちしかない。常々そう思ってはいるが、決して口に出して言わない。そんなことを言ってしまえば、それから先は頭が上がらなくなるからで、口が裂けても言わない。まぁしかし、どっちかが死ぬ直前には言ってやってもいい。世話になったな。お前のおかげでいい人生になった。もちろん五目餡かけ焼きそばを食いながらでないと言えないのだが――」

最後は涙声になりながら、珠江が短文を読み上げた。

「さすが元アナウンサーやなぁ。久しぶりに朗読ていう言葉を思いだして、うちも泣きそうになりましたわ」

こいしが両手でまぶたをふさいだ。

「泣きそうて、お前もう泣いとるがな」

流は目尻を指で拭った。

「お父ちゃんかてやんか」

「わたしが鈍感だったせいで、取り返しのつかないことをしてしまって……」

珠江が嗚咽《おえつ》をもらす。

「珠江さんが自分を責めはることはありませんやん。うちかてきっとそこまでは気付かへんと思います」

こいしが掛けた言葉に、珠江はかぶりを振って頬を濡《ぬ》らした。

「奥さん」

流が強い言葉で呼びかけた。

「はい」

流の声の大きさに、珠江は赤子のような泣き声をぴたりと止め、濡れた目を白黒させた。

「今日のこと、不思議や思わはりまへんか」

穏やかな口調で流が語りかけると、珠江はハンカチを持つ手を止めた。

「ご夫婦で何千回、何万回と一緒に食事をしはったやろに、ただ一回、それも一緒に食べなんだ食が気になって捜そうとあなたは思わはった。よう考えたらこない不思議なこともありまへん。美味しいか美味しないかも分からん、どころか、どんな料理かも分からんもんを、しかも十年近《ちこ》ぅ前のことを今になってあなたは気に掛けて、わざわざ京都まで捜しに来はった。それは間違いのうご主人の思い、っちゅうか念が、長い長い時間を経て、あなたに届いたからや思います。小樽で五目焼きそばを食べながら、あなたに感謝の気持ちを伝えたい。そう願《ねご》うてたのに叶《かな》わなんだ。津波で流されていかはるとき、ご主人のただひとつの心残りは、それやったんと違いますやろか」

流の言葉を聞き終えて、珠江はまたハンカチを目に押しあてた。

「あのとき、わたしに遠慮なんかせず、強引にでも五目焼きそばを食べに連れて行ってくれたらよかったのに」

「脇役は主役の気持ちをだいじにせんとあかん。ご主人はそう思わはったんですやろ」

「うちの主役はあのひとです。わたしは脇役で充分しあわせだったんですよ」

真っ赤に染まった目を珠江が向けると、流はゆっくりとうなずいた。

「こういうのもボタンの掛け違いに入るんやろか。人間の気持ちてむずかしいもんやなぁ」

誰に言うともなくこいしがつぶやいた。

「いちおうレシピを書いときました。て言うてもたいしたもんやおへん。ちょっと太めの中華麺をフライパンで焼いて、お好みの具を炒めてとろみを付けて麺の上に掛けるだけです。味付けの調味料も書いときましたけど、このとおりの味付けやのうてもよろしい。塩味を効かせてもええし、オイスターソースを強めにしても美味しおす。

麺の焼き加減がだいじです。五目焼きそばの主役はあくまで麺でっさかいな」

流がにこりと笑った。

「ありがとうございました。なんだか急に力が抜けてしまいました」

珠江の姿は放心状態という言葉が似つかわしい。涙も涸《か》れ果てたようだ。

「涙は心の浄化装置やて言いますやん。もやもやしてたもんがスッキリしたんと違います？」

「そんなような気もしますし、重くなったようにも思います。お世話になりました。お食事代も併せて代金をお支払いさせてください」

気を取り直したように、珠江が財布を取りだした。

「うちは特に料金とか決めてませんねん。お気持ちに見合《みお》うたぶんだけこちらに振り込んでください」

こいしが折りたたんだメモ用紙を手渡した。

「承知しました。高知に戻りましたらすぐに」

受け取って、珠江はメモ用紙を財布にしまった。

「京都もさぶおすけど、高知の山のなかも寒いですやろ。風邪ひかんように気ぃ付けてくださいや」

「ありがとうございます。おふたりもどうぞよいお年を」

「ほんまや。もうそんな挨拶《あいさつ》せんならん時季になってたんですねぇ。珠江さんもええお正月迎えてくださいね。お身体をだいじにしてご主人のぶんまで長生きせんと」

「ありがとうございます。そうでしたね。主人のぶんも生きていかないといけませんね。いいお正月になりそうな気がしてきました」

店を出た珠江が晴れやかな顔をふたりに向けた。

「よろしおした」

流がおだやかな笑みを浮かべた。

「そうそう。猫ちゃんはどうです？　元気になりました？」

「気に掛けてもろておおきに。おかげさんで元気になって、出かけとるようです。お腹が減ったり、眠とうなったら戻ってきますねん」

「よかったですね」

珠江がほほをゆるめ、正面通を西に向かって歩きだした。

「どうぞお気を付けて」

珠江の背中に流が声を掛けて、こいしはその横で小さく頭を下げた。

「人間の運命てほんまに不思議やなぁ。今の今までそこにやはったご主人が突然いんようになってしまう。そんなことがあちこちで起こってるんや」

「そういうこっちゃ。今の時代、明日は我が身っちゅう言葉も現実味を帯びてきた」

先に流が店に戻り、こいしはそのあとに続いた。

「もうすぐお母ちゃんは居んようになる。そう思うて一緒に居られた時間があったぶん、うちらはしあわせやったんかもしれんなぁ」

「さあ。それはどうや分からんで。あとに残るこいしのことを案じたら、心配で、悔しいて、掬子はたまらんかったかもしれん」

流はそう言いながら、仏壇に線香をあげた。

「よう言うわ。お母ちゃんが心配なんは、うちやのうてお父ちゃんのほうやんかなぁ。ちゃんと見張っとくさかい、心配せんでええよ」

こいしが掬子の写真に手を合わせた。

第五話　ハムカツ

1

新幹線が京都駅に着いたというのに、米山清三《よねやませいぞう》はまだ迷っていた。それを捜しだすことにどんな意味があるというのか。

手のなかの切符は京都までだが、このまま新大阪まで行ってもいい。

いっそ博多まで行ってしまえば、フグでもアラでも、この時季ならではの旨《うま》いもの

がたくさん待っている。向こうの料理人仲間とバカ騒ぎしながら博多の夜を愉《たの》しむのも悪くない。

いや、やっぱり初志貫徹だ。発車のベルが鳴りはじめると同時に、清三はバッグをひったくるようにして席を立ち、小走りで新幹線から降りた。

日帰りのつもりだったから小ぶりのトートバッグひとつ持って、東京の自宅を出たのは朝八時過ぎだ。朝食を摂《と》るひまもなかったせいで腹は減っている。

地図で見るかぎり京都駅から『鴨川探偵事務所』までは歩いて十分ほどだ。烏丸通という京都のメインストリートを通って行くのだから、目についた店に入ればいいだろうが、駅ビルのテナントのほうが無難なような気もする。いつからこんな優柔不断な性格になったのだろうか。ほとほと自分でも嫌気がさしている。

ガラスに映りこんだ自分の姿に、清三は思わず目をそむけた。

黒のダウンコートにダメージジーンズ、トートバッグにショートブーツ。どれもファストファッションだ。人一倍ファッションには気を遣うほうだったのが、いつの間にか楽なスタイルを選ぶようになった。すべてのエネルギーを料理に費やすようになったからだ。

スマートフォンで軽いブランチによさそうな店を検索すると、次々と店が出てくるがどこも気を引くにはいたらない。

そう思って歩いているとパン屋が目に入ってきた。『志津屋』と言えばたしか、古くから京都にある店だ。テレビのバラエティ番組でも紹介されていた〈カルネ〉と名付けられた惣菜《そうざい》パンが旨そうだ。これで小腹を満たしておいて、うまくいけば『鴨川食堂』なる店でも食べられる余地が残る。

「カルネふたつください。袋は要《い》りません」

こんなときにダウンコートはありがたい。両側のポケットに一個ずつ〈カルネ〉を放り込み、地図を見ながら地下道を出て北に向かって歩く。

京都というのは本当に寒いところだ。マフラーで首を隠し、両手をコートのポケットに突っ込んで、〈カルネ〉を握りしめても、自然と身震いしてしまう。

地図ではもっと遠いように見えたが、どうやら目指す『鴨川探偵事務所』はすぐ近くのようだ。烏丸七条の交差点を北へわたり、公園でもないかと捜してみたが、まるで見当たらない。向かい側には大きなお寺が並んでいるのだが、寺の境内でパンをかじるというのは、いかにも行儀が悪い。かと言って歩きながら食べるわけにもいかない。

どうしたものかと案じるうちに、とうとうそれらしき場所まで来てしまった。おそらくここに違いない。モルタル造の二階家。暖簾も看板も出ていないが、辺りに食べものの匂いが漂っている。こうなったら入るしかない。ふたつの〈カルネ〉をトートバッグに入れ、玄関の前に立ってゆっくりと引き戸を開けた。

「こんにちは。どなたかいらっしゃいますか」

しんと静まり返った店のなかに低い声が響く。

カウンターがあり、テーブル席もある。間違いなくここは『鴨川食堂』だろう。奥なのか二階なのかは分からないが、この建家のどこかに『鴨川探偵事務所』もあるはずだ。今の今まで人が居た気配があるものの、返事は返ってこない。出汁《だし》の香りが漂っているだけだ。

「こんにちは」

さっきより少しだけ声を大きくしてみた。

「はーい。すぐ行きますよって、ちょっと待ってくださいね」

若い女性の声が返ってきて、清三はホッと肩の力を抜いた。

昼まではまだ時間がある。仕込みの最中なのか。それにしては静かだ。

デコラ張りのテーブル、ビニール張りのパイプ椅子。信州の田舎にもこんな食堂はあったが少し趣きが違うのは、その端正な佇《たたず》まいだ。コミックや雑誌が積んであるわけではなく、壁にメニューも貼っていない。テーブルにもカウンターにもメニューブックらしきものはない。カウンターやテーブルを白木に変えれば立派な和食店になる。カウンターの奥に見える厨房《ちゅうぼう》も清潔に保たれているのがよく分かる。ステンレス張りの壁も、そこにぶら下がる鍋もまぶしいほどに光っている。

「お待たせしました」

白いシャツに黒いジーンズ、黒いソムリエエプロンを着けた若い女性が現れた。

「突然おじゃましてすみません。食を捜してくれる『鴨川探偵事務所』はこちらでしたでしょうか」

「探偵のほうのお客さんやったんですか。うちが所長の鴨川こいしです」

「いきなり伺って捜してもらえるものなんですか？」

清三がおそるおそる訊《き》いた。

「大丈夫ですよ。お腹《なか》のほうはどうです？　空《す》いてはるようやったら、先に食べてもろて、それからお話を訊くていう感じですねんけど」

「いいんですか？　そいつは嬉《うれ》しいなぁ。申し遅れました。僕は米山清三といいまして、東京でレストランをやっているんです」

清三は名刺を差しだした。

「港区元麻布……『ア・ロー』。フレンチのお店をやってはるんですか」

両手で受けとって、こいしがじっと見つめている。

「おいでやす。食堂の主人をしとります鴨川流です。どうぞお掛けください」

「ありがとうございます」

清三はダウンコートをコート掛けに掛け、パイプ椅子に浅く腰かけた。

「『ア・ロー』っちゅうたら、二ツ星を取ってはるフレンチやったんと違いますかな。そんな二ツ星シェフにお出しできるような料理やおへんけど、よかったら召しあがってください。おまかせしかできまへんのやが」

「ありがとうございます。でも、その二ツ星シェフ、というのはやめてください。星の数がどうとか、に疲れてしまったものですから」

清三が深いため息をついた。

「苦手なもんはおへんか」

「なんでも美味《おい》しくいただきます」

「ほな、ちょっと待っとぅくれやっしゃ。旨いもんを見つくろうてきますわ。こんな店でっさかい、大したもんはできまへんけど」

和帽子をかぶり直して、流は厨房へ駆けこんでいった。

「お飲みもんはどうしましょ。いちおうワインとかもありますし、日本酒でも焼酎でもなんでも」

「日本酒を常温でいただけますか。ブランドはおまかせします」

パイプ椅子に座ったまま、清三はあらためて店のなかを見まわしている。

「すぐにお持ちしますよって」

こいしが流に続いた。

こんな気楽な店で料理を作るのも悪くないなと清三は思った。いや、やっぱり違う。店構えはグランメゾンふうでありながら、素朴な料理を出すほうがサプライズは大きい。仕事も人間関係も、なにもかもに迷っていて、なにひとつ決断できない自分に、ずっと清三はいらだっている。

「先にお酒をお持ちしました。『秀鳳《しゅうほう》』ていう山形のお酒なんですけど、常温で飲まはるんやったらこれがええ、てお父ちゃんが言うてはるんで」

こいしが緑色の四合瓶をテーブルに置いた。

「はじめて見る酒です。純米酒。お米はつや姫を使っているんですね」

「うちも最近こればっかり飲んでますねん。吟醸と違うさかい香りも強すぎひんし、飲み口も甘《あも》ぅ感じるんで、ついつい飲み過ぎてしまうのが難点です」

こいしが染付の猪口《ちょこ》にたっぷりと注《つ》いだ。

「辛口の吟醸酒ばかりがもてはやされて、日本酒の個性が失われているような気がしていたのですが」

清三がゆっくりと猪口をかたむけて続ける。

「こいつはいい。ちょっと酸味も利いていて、これなら和食だけでなく、どんな料理にでも合わせられそうですね」

大皿を両手で抱えて、流が厨房から出てきた。

「お待たせしましたな。腕利きのシェフに出せるようなもんやおへんけど、まぁ、話のタネやと思うてもろたら嬉しおす。さぶい時季でっけど、ちょっとだけ春を先取りしてみました。九品の大皿盛りですわ。左上の白磁の小鉢に入っとるのは筍《たけのこ》の木の芽和《あ》え。歯ごたえのええ根っこだけを使《つこ》うてます。その横はグジのフライ。柴漬けを使うたタルタルソースを掛けてます。その右の切子の杯にはハマグリのマリネを入れとります。ハーブの刻んだんを混ぜてもらえますか。その下、織部の小皿に載っとるのは才巻海老《さいまきえび》の酒蒸し。柚子胡椒《ゆずこしょう》がよう合います。真ん中の塗椀《ぬりわん》には穴子ちらしが入っとります。実山椒《みざんしょう》の煮たもんを添えてますさかい、それを載せてみてください。ええアクセントになる思います。その左のデミカップは牛タンの煮込み。辛子《からし》を付けてもろたらええと思います。お嫌いやなかったらパクチーも載せてください。その下は山菜の天ぷら。フキノトウ味噌《みそ》を付けて食べてください。下の段の真ん中は鰻《うなぎ》の白焼き。刻みワサビを載せて、大葉で巻いたらさっぱりします。右端はトリ肝のソース煮。一味トウガラシを多めに振って食べてください。わしが好きなもんやさかい、酒のアテみたいなもんばっかりでっけど、かんにんしとぅくれやっしゃ。あとでご飯をお持ちしますんで声を掛けとぅくれやす。今日はアワビ飯を炊いとります」

一気に料理を説明して、流が清三に笑顔を向けた。

「いやはや。なんとも。どう言ったらいいのか。いったいこちらはどういうお店なんですか。僕は今日こうして突然伺ったのですから、そのために用意されたものではないわけですよね。つまり、いつでも、これだけの料理をスタンバイされているということですか？　どうにも信じられないのですが」

両腕を組んで、清三が何度も首をかしげている。

「たまたま、ですがな。ご覧のとおりヒマな店でっさかい、自分の食いたいもんを仕込んどるだけです。お客さんがなかったら、これがまかないになるんですわ」

「お話はあとでよろしいやん。ゆっくり召しあがってもらわんと」

こいしが話に割って入った。

「そやな。お酒も瓶ごと置いときますんで、好きなだけ召しあがってください」

ふたりはそそくさと下がって行った。

ひとり食堂に残った清三は、大皿をにらんだまま微動だにしない。黒目だけが気ぜわしく動き、ひとつひとつの料理を凝視している。

たいして暖房が効いているわけではないのに、清三の額には汗がにじんでいる。箸を取り、料理に手を付けようとかまえてはいるが、皿にまで箸が届かない。

箸を置いた清三は猪口に手を伸ばし、四合瓶から酒を注いだ。

口を湿らせるように酒を飲んで、清三はようやく料理に箸を付けはじめた。

最初は鰻の白焼きだ。流の指示どおり、刻みワサビを載せて大葉で包んで口に運ぶ。皮はパリッと芳《こう》ばしく、身はふんわりとやわらかい。川魚特有の臭みはまったくなく、串の跡から推測すると炭火を使った焼きたてだろう。まさかこんな小さな切り身だけを焼いたのではなかろう。とすれば残りの鰻はどうしたのか。

次に箸を付けたグジのフライにも驚かされた。揚げたてのグジはウロコが立っていて、皮目にはコロモを付けず揚げたようだ。甘みを抑え、酸味を利かせたタルタルソースも旨い。揚げ油はなんだろう。植物性であることは間違いないが、ふつうのサラダ油ではこれほどのコクが出ない。

九品のうち、たったふた品食べただけで、鴨川流という料理人の腕前に怖《おそ》れすら感じてしまう。

清三は自分のレストランを振り返ってみた。自分を含めて六人の料理人がいるのだが、こんな短時間にこれだけの質の料理を出せるかと問われれば、瞬時にNOと答えざるを得ない。

ならばかつての店。自分ひとりで何もかも切り盛りしていた、カウンター五席だけの店。あのときならできただろうか。答えを出すのに時間は掛からない。絶対に無理だ。

余計なことは考えず、食べることだけに集中しよう。そう決めて、清三は猪口の酒を一気に飲みほした。

ハマグリはたしかマリネと言っていたが、どんなマリネ液に漬けたのか。淡く桃色に染まっているから、ベリーを使ったのか。そしてまたしても油が分からない。オリーブオイルでないことだけはたしかだが。ピリッと辛い香辛料はなんだろう。食べたことのない味わいだ。そうだ。ハーブを混ぜなきゃ。細かく刻まれたハーブはおおよそ分かる。イタリアンパセリ、フェンネル、タイム、オレガノ。ざっとそんなところだろう。だが、正直に言うならこのハーブは要らない。ほんの一年ほど前だったらこういう趣向を喜んだものだが、今の自分なら余計なものは足さない。マリネしたハマグリの旨さをストレートに味わいたい。

などと偉そうな口をきいているが、これまでさんざん自分でもやってきたことで、今でもしばしばこういう足し算をしている。これはある意味で料理人の性《さが》だとも言える。なにかしらひと手間加えないと、手を抜いているように思えてしまうのだ。

もっと美味しくできないか。料理と対峙《たいじ》してそう思わない時間などいっときもなかった。きっと流もおなじなのだろう。

もっとも気になっていたのは牛タンの煮込みだ。

牛タンをアレンジすることは少なくない。精肉以外のビーフを嫌うシェフもいるが、清三は内臓肉も好んで使う。それは食材を極力無駄なく使いきりたいという思いからでもある。コールド・タン、タンシチューはもちろん、コートレットにすることもある。

見たところドミグラスソースで煮込んだタンシチューのようだ。洋辛子を添えるあたり、むかしながらの洋食を意識しているに違いない。

デミカップに入った牛タンを箸で取ろうとして、そのやわらかさに指先が驚いている。ほろほろと崩れそうになる牛タンに洋辛子を付けて、そろりと口に運ぶ。口のなかで繊維が解《ほど》け、広がる味わいに予想を裏切られた。

味噌味なのである。辛さと甘さが絡み合う味わいからすると、八丁味噌と白味噌、それに麦味噌を合わせているのだろう。そしてかすかに感じるのは山椒の香りだ。

たしかに牛タンと味噌の相性はいい。仙台で味噌漬けを食べたこともあるから、味噌味で煮込んでもなんの不思議もないのだが、こうして食べてみると、実に新鮮な味に感じるのである。

酒が進む。四合瓶はすでに半分近く減っている。それほど酒に強くない清三にとっては、めったにない酒量だ。なのにまるで酔ってはいない。頭のなかは研ぎ澄まされ、五感は鋭くなるいっぽうなのが不思議だ。

まるで心のなかを見透かされているようだ。

おなじ調理場ではたらくスタッフたちも、月に二度三度と足を運んでくれる常連客も、情報を求めに来るライターや料理評論家たちも、清三が料理のことで悩んでいるなど、みじんも思っていない。五年続けて二ツ星を獲得し、いつ三ツ星に昇格するのかと周囲はみな注目しているのだ。

ただ料理を無心に食べればいいものを、余計なことばかり考えてしまう。

「どないです。お口に合《お》うてますかいな」

様子を見に流が厨房から出てきた。

「大満足です。ひと品ひと品に心がこもっていて、何ひとつ奇をてらったわけではないけど、細かな工夫がなされている。僕などにはとても真似《まね》できません」

正直な感想を口にした。

「おほめいただくのはありがたいですけど、同業のかたにそない言われると、なんやお尻のあたりがこそばゆうなりますわ」

「僕はお世辞を言えない人間なので、正直に言ったまでです。失礼なことを訊きますが、どこで修業なさったんですか？」

「修業らしい修業はしたことがおへんのや。見よう見まねでここまで来ましたんで」

「お師匠さんはどこのどなたです？」

「それもいてまへんのや。強いて言うなら義父でっけどな、それも不義理して棒折ったもんやさかい、大きい顔して師匠て呼べるもんやおへん」

「ということは、すべて独学ですか」

「まぁ、そうなりまっしゃろな」

流は、ふっ、と小さなため息をついた。

流の言葉をどこまで信じていいのか、清三には見極めがつかなかった。

夜間高校を卒業してすぐ、地元の食堂に勤めてから、洋食屋、フレンチレストランと店を替えながら料理を学び、フランスに渡ってからは十年近く修業を積んだ。その間、師匠と呼ぶべき料理人の数知れず。それぞれから学んだことやレシピを記した大学ノートは、今も百冊ほど手元に残していて、命の次にたいせつなものだと思っている。

それがあるからこそ、これまで自信を持って料理に立ち向かうことができたのである。そういうものが流にはまったくないというのか。

「ぼちぼちご飯をお持ちしまひょか」

「お願いします」

流に声を掛けられなければ、いつまでも飲み続けてぶっ倒れているところだった。

「最近は土鍋で炊いたご飯をそのままよそうことが多いみたいでっけど、やっぱり椹《さわら》のお櫃《ひつ》に移して、ちょっとうましてからのほうが旨いんと違うかなぁと思うてますねん」

清三の前に流がお櫃を置いた。

「お櫃ですか。そういえば最近は見かけなくなりましたね。和食のお店は土鍋ばかりだ」

「土鍋で炊いたご飯も美味しいもんですけど、そればっかり、っちゅうのもねぇ。このごろは流行《はや》りに乗る料理人がようけおるさかい、しょうがおへんけどな」

お櫃から木賊《とくさ》柄の飯茶碗《めしぢゃわん》に流がよそっているのは、アワビ飯だ。ざく切りにしたアワビが白飯のすきまを埋め尽くすという、なんとも贅沢《ぜいたく》な〆《しめ》である。

小ぶりのおろし金に載った擂《す》り柚子を、流は茶筅《ちゃせん》でアワビ飯に振りかけた。

「お櫃ごと置いときまっさかい、お好きなだけ召しあがってください。漬けもんとおつゆも置いときます。お代わりしはったときは、お汁掛けにしてみてください。ちょっと味が変わって美味しなる思います」

言いおいて、流は厨房に戻っていった。

さて、アワビ飯はどんな味付けをしてあるのか。ひと口食べて拍子抜けした。なんともあっさりした味付けなのだ。おそらく一番出汁で炊いたのだろう。昆布とかつお節の味わいがかすかに感じ取れる程度で、アワビそのものの味が際立っている。塩も醤油《しょうゆ》もわずかしか使っていない。何より驚くのはアワビの食感だ。嚙《か》むまでもなく歯がすーっと入り、舌と上あごですり潰せるほどやわらかく仕上がっている。志摩のリゾートホテルで食べたアワビのステーキとも違い、数寄屋橋の鮨屋《すしや》で食べた煮アワビとも違う。しかしその旨さは二軒に勝るとも劣らない。

一膳目を食べ終えてハッとした。具のアワビもだが、ご飯に沁《し》みこんだアワビの香りが清々《すがすが》しいあと口を残すのである。なるほどと思い至った。

あたりまえのことだが、蒸し煮にしたアワビと白飯を一緒にして食べるのと、アワビ飯はまったく別ものなのだ。アワビよりも、アワビの旨みを吸いこんだ飯が主役と言ってもいいかもしれない。

おつゆがまた旨い。中華料理の清湯《チンタン》を思わせるスープは青みがかっていて、それはアワビの肝が溶けこんでいるからだろうと思う。

二膳目を半分ほど食べたところで、流の奨《すす》めにしたがって汁掛け飯にしてみた。見た目は似ていても、リゾットとはまるで違う食べものだ。似た味わいを探して思い当たるのは海苔《のり》茶漬けだろうか。しかしそれとは比べものにならないほど、高貴な味わいがするのはアワビの力だ。

肝の香りはすれど、舌には肝特有の臭みなどまったく残らない。どんな下処理をしたらここまで洗練された味わいになるのか。

いっそのこと、流に弟子入りして教えを乞えば、すべて解決しそうな気がしてきた。

「いつでも奥にご案内できまっさかい、ええとこで言うとぉくれやす。娘が待っとりますんで」

「そうでした。あまりに料理が美味しいものですから、ついついお尻が重くなってしまって。ごちそうさまでした。今すぐ参ります」

あわてて箸を置いて、清三が立ちあがった。

「急《せ》かしてるんやおへんのでっせ。あとのご予定もあるやろさかいと思うただけで」

「料理は作るのも好きですが、食べるのはもっと好きなもので、美味しいものを前にすると時間が長くなる悪いクセがあるので、言っていただいてよかったです」

「急かしたようになってしもうて、すんまへんでしたな。どうぞこちらへ」

先を歩く流についていくと、細長い廊下に出たが、そこでも清三は驚きの声をあげてしまった。

「これはなんですか」

「見てのとおり、料理の写真ですわ。わしはレシピを書き留めたりはせんもんで、写真に撮って残してますんや。ずぼらなこって」

流が苦笑いした。

細長い廊下の両側に貼られた写真の数はおびただしいものだ。そしてそこに写っているのは多種多様な料理である。半分以上は和食だが、中華ふうのものもあれば、イタリアンっぽいものもある。

「まさかこれをぜんぶおひとりで作られたんじゃないでしょうね」

「なかには誰ぞと一緒に作ったもんもありまっけど、ほとんどはわしが作った料理です」

「くどいようですが、料理は独学なんですよね」

「独学てな言葉を使えるほど学んだわけやおへん。見よう見まねです」

「これもですか？　比較的新しいフレンチですよね」

立ちどまって、清三が食い入るように写真を見つめている。

「フレンチて言えるようなもんと違いまっせ。グジをアセゾネして、カダイフを巻いて揚げたもんです。たしかソースはシェリー酒で風味を付けたクリームソースやったと思います」

流が清三の真横に立った。

「ソースに野菜を使っておられるようですが」

「タマネギやとかエシャロット、ニンジン、カブラやらを弱火でエチュベしてソースに混ぜたような記憶がありますな」

学んではいないと言いながら、流は塩胡椒することをアセゾネと言い、やさしく蒸し焼きにするという意味のエチュベというフレンチ用語を使う。

「あとは娘にまかせてまっさかい」

いつの間にか廊下の突き当たりまで歩いていた流が、ドアをノックした。あわてて清三が駆け寄るとドアが開いた。

「どうぞお入りください」

ソムリエエプロンを外し、黒のパンツスーツに着替えたこいしが迎えた。

思ったより広い部屋には、むかしふうの応接セットが置かれていて、清三はこいしと向かい合う形でロングソファに腰をおろした。

「面倒や思いますけど、いちおう探偵依頼書に記入してもらえますか。簡単でええので」

こいしがローテーブルにバインダーを置いた。

住所氏名年齢からはじまり、職業、家族構成など迷うことなく書き終えて、清三がこいしに返した。

「米山清三さん。どんな食を捜してはるんですか」

こいしがノートを開いた。

「ハムカツです」

清三は即座に答えた。

「うちもハムカツは好物ですねん。どこかのお店で食べはったもんですか?」

「ええ。大分駅の近くにあった洋食屋で食べたものです」

「あった、ていうことは今はもうないんですね」

「一年前に捜しに行ったのですが、見つかりませんでした。お店がなくなってしまったのか、僕の記憶があいまいなのか。どちらかはっきりしませんが」

「ちょっと詳しいに教えてください」

こいしが身体《からだ》を乗りだした。

「僕は大分県豊後大野《ぶんごおおの》の緒方《おがた》というところで生まれました。近くに石仏の遺跡があるような長閑《のどか》なところで、両親は農家を営んでいました。特にこれといった特色もなく、いろんな作物を作っていたような記憶があります。はっきり言って貧しい家でしたねぇ。兄弟姉妹が六人もいて、僕は下から二番目でした。食べるのが精いっぱいの暮らしだったので、みんな中学を卒業すると働きに出るようなありさまでした。僕は大分市内の叔父の家に下宿させてもらって、家具工場に勤めながら夜間高校に通っていました」

清三は固い口調で当時を振り返った。

「緊張してはりますか?　リラックスしてくださいねぇ」

「こういう機会はめったにないので、どう話していいか」

清三が頭をかいた。

「米山さんてまだ四十八歳ですよね。中学を卒業したころていうたら、今から三十三年前ですやん。そのころやったらたいていは高校までふつうに行ってたんと違うんですか」

「ふつうはそうでしょうね。うちはとくべつ貧しかったんだろうと思います。叔父から聞いてはじめて知ったんですが、オヤジは借金の連帯保証人になっていて、破産した友人の肩代わりをさせられたらしいんです。その心労もあってか、両親とも早くに亡くなりましたし、実家は人手に渡ってしまいました。そんな育ちですから兄弟姉妹も散り散りばらばらで、一堂に会するなんて機会も今までまったくありませんでした。叔父も僕が東京に出ていくのを見届けるように、すぐ亡くなったそうです」

「そうやったんですか。お気の毒に。すんません。失礼なこと言うてしもて」

「いいんですよ。本当のことですから」

「帰る故郷もないし、身内もいいひん、て寂しいんと違います？」

こいしが訊いた。

「天涯孤独っていうのも悪くないですよ。冠婚葬祭に煩わされることもないし、帰省なんていう面倒もないしね。唯一お墓参りに行くのが帰郷ってことになるのかなぁ。実家があった場所は避けて通りますけど」

清三が浅いため息をついた。

「お茶でも淹《い》れましょか。コーヒーかお茶かどっちがよろしい？」

「じゃあコーヒーをいただきます」

立ちあがって、こいしがコーヒーマシンをセットした。

「ふつうの高校生やったら、親元を離れて暮らすのはつらい思うんですけど」

「叔父はとてもいい人で、ときどき食事に連れて行ってくれたんです。田舎街ですから今にして思えば、飛びきり美味しいものばかりではありませんでしたが、それでも僕にはどれもご馳走《ちそう》でした」

「また要らんこと言いますけど、今の二ツ星シェフとはあんまりにもイメージが違いすぎて、信じられへん気がします」

こいしが清三の前にコーヒーを置いた。

「そんなもんですよ。子どものころというか、若いときに旨いものを食えなかったのでシェフになった、っていう料理人はけっこういますよ」

「そういうもんかなぁ。けど、ものすご料理を勉強せんとあかんかったんと違います？」

「一からですからね。学校の勉強はまったくしませんでしたが、料理の勉強は死に物狂いでした」

清三はコーヒーをひと口飲んで、ソファにもたれかかった。

「好きこそもののじょうずなれ、ていうのは、こういうことを言うんですやろね。で、そろそろハムカツの話をお願いしてもよろしいやろか」

「叔父には、いろんなお店に連れて行ってもらったのですが、一番衝撃を受けたのが洋食屋のハムカツなんです。世の中にこんな旨いものがあったのか。そう思ったのが切っ掛けで僕は料理人を目指すようになったんです」

「それもまた意外やなぁ。二ツ星シェフの原点がハムカツやったなんて。どんなんやったんやろ。めっちゃ興味あります」

こいしはノートにハムカツのイラストを描きつけている。

「ふつうのハムカツですよ。薄いし、上等じゃないし」

「そういうのが美味しいんですよね。ウスターソースをたっぷり掛けて」

「そうそう。添えてある千切りキャベツがまた美味しくてね。よくこんなきれいに切れるなと。シャキシャキしていて」

「ほんまにふつうのハムカツでした？　なんか特別のんやったとか」

「ふつうのハムカツだったのですが、僕には特別なものでした。ひとにたとえるなら、初恋という感じでしょうか。そのハムカツを食べた瞬間、雷に打たれたような気がしました。親元にいるときは貧しいのがふつうでしたから、多少ひもじくてもつらいと思ったことは一度もありませんでした。その理由のひとつに、旨いものを知らなかったということもあったんだと思います。だからハムカツを食べたとき、世のなかにこんな旨いものがあるとも知らずに十五年間生きてきたんだ、って、とても哀《かな》しくなってしまったんです。食べてるうちに涙をこらえられなくなってしまいました。叔父が不思議がっていたので、辛子を付け過ぎたとごまかしました。そのとき思ったんです。誰もが子どものころから、美味しいものを食べられるような世のなかにしたい。そう言うと政治家志望みたいに思われるかもしれませんが、それは絶対無理なので、料理を作る側にまわろうと思いました」

　清三はゆっくりとコーヒーを飲んだ。

「十五歳からの夢を叶《かな》えはるて、すごいことですよね。尊敬しますわ。けど、そのハムカツを食べてなかったら、シェフになってはらへんかったかもしれへんのですよね。そのハムカツもエライ」

「そうなんですよ。ずっとそのことを忘れてしまっていたのですが、最近それを思いだしてしまって」

「もうちょっとヒントが欲しいとこなんですけど。なにかあります？」

　こいしがペンをかまえた。

「お店なんですけど、大分駅から歩いて行ったので、駅の近くだと思います。その店で食事をしたあと、城址《じょうし》公園を散歩した記憶があるので、その辺りだったんじゃないかと」

「ちょっと待ってくださいね。今、地図アプリを開きますんで。大分駅、と。ここが駅ですね。そして城址公園、と。ここですね。駅とお城の址《あと》て近いんや。ということは、この範囲内にあったんでしょうね」

　こいしがタブレットの地図を指でなぞった。

「そうなんです。短い時間でしたが、一年ほど前に僕もこの辺りを歩いてみたんです。でも、それらしき洋食屋は見つかりませんでした」

「京都でも、フレンチとかイタリアンはようけできますけど、むかしからの洋食屋さんは店仕舞いしはるとこが少のうないですわ。新しい洋食屋さんもできますけど、高い店ばっかりやし」

「すみません。僕らがいけないんですよね」

「そういう意味で言うたんと違いますよ。また余計なこと言うてしもた」

こいしがぺろりと舌を出した。

「いいんですよ。僕もおなじことを感じていますから。そもそも僕がハムカツを捜そうと思ったのもそこなんですよ」

「そこって、どこです？」

「今、僕が作っている料理って、本当に美味しいものなんだろうか。っていうところです。分かってもらえますか？」

清三がこいしに顔を近づけた。

「なんとなく分かったような気ぃもしますけど」

気おされて、こいしが身体をそらせた。

「美味しいものを食べて機嫌が悪くなる人って、絶対いませんよね。美味しいものを食べるとみんな笑顔になるし、それはしあわせってことだと思うんです。そのことを気付かせてくれたのがハムカツだったのに、それをすっかり忘れ去っていた。結果どうなったかというと、料理の評判ばかり気にするようになってしまったんですよ。グルメサイトの口コミや点数も気になるし、インスタやフェイスブックなんかのSNS

で、どんなふうに書かれているかが気になってしょうがない。その代表が格付けガイドブックです。あの本の日本版ができたときから、どうやって星を取るか、ばかり考えるようになってしまった。そして幸運にも星を獲得したあとは、もうひとつ上のランクを目指し、最高位まで上り詰めたい、星を減らさないように、だけを目標にするようになってしまった。はたして今の僕の料理はひとを笑顔にしているだろうか。しあわせを感じてもらえているだろうか。疑問に思うようになったんです」

コーヒーカップを手にしたまま、口を付けずに清三は語り続けた。

「なるほど。だいぶ分かってきました。お父ちゃんもときどき、そういうようなことを言うてはります。　もっと原点に帰らんとあかんって」

「お父さんは大丈夫ですよ。ちゃんと技を使いながら、技巧に走りすぎることもないし。心に沁みる料理を作ってらっしゃる。弟子入りしたいと思ってるんです」

清三が真顔で言った。

「そんなあほな。うちのお父ちゃんは我流で作ってはるだけやし、二ツ星シェフに教えるようなもんと違いますやん」

「だからその二ツ星シェフっていうのは……」

「そうでしたね。ついうっかり」

こいしが背中を丸めた。

「格下げされた夢をみて、何度うなされたことか数えきれません。とある星付きのカリスマシェフは、格下げを苦に自殺したと言われていますが、まんざらその気持ちが分からないでもありません」

「縁起でもないこと言わんといてください」

こいしがわざとらしく身震いしてみせた。

「もう一度、あのハムカツを食べれば原点に戻れるような気がするんです」

「分かりました。お父ちゃんに気張って捜してもらいます」

こいしがノートを閉じた。

「よろしくお願いします」

立ちあがって、清三が頭を下げた。

こいしの先導で、清三が食堂に戻ると流が待ちかまえていた。

「えらいお時間取りましたなぁ。お忙しいやろに」

「いえいえ。このあとは何も予定を入れておりませんし、ゆっくり話をさせていただきました」

「それやったらええんですが」

「この次ですけど、お父ちゃんはだいたい二週間ぐらいで捜しだしてきはりますので、そのころに連絡させてもらいます」

「承知しました。今日の食事代をお支払いさせてください」

「探偵料と一緒にこの次に」

こいしがそう言うと、清三は黙ってうなずいた。

「気ぃつけて帰っとぅくれやっしゃ」

流とこいしが店の表まで送りに出た。

「ありがとうございます。せっかくなので今日は京都に泊まることにします」

「この時季の京都は旨いもんもようけありますさかいな」

「ホテルとかは決めてはるんですか」

「足の向くまま、気の向くまま。のんびりやりますよ」

清三は軽い足取りで正面通を西に向かって歩きだした。

「何を捜してはるんや」

食堂に入ると、流がお決まりの問いかけをした。

「ハムカツ」

こいしが短く答える。

「ハムカツかぁ。そう言うたら長いこと食うてないな」

「食べたときは美味しいさかい、すぐにまた食べたいて思うんやけど、いつの間にか忘れてしもうて、一年とか二年経ってる。ハムカツてそういうもんやね」

「たしかにそうやな。で、米山はんが捜してはるのは、どっかの店のか？」

「大分の駅前にあった洋食屋さんで食べはったハムカツ」

「あった、っちゅうことは今はもうないんやな」

「一年ほど前に自分で捜しに行かはったらしいんやけど、それらしい店は見つからへんかったみたい。三十年以上前のことやさかい、お店が無くなってても不思議はないなぁ」

「大分の洋食屋……」

流が小首をかしげた。

「なに？　なんか思い当たることがあるん？」

テーブルを拭きながらこいしが訊いた。

「ハムカツてなもんは食堂やとか、居酒屋で出すもんや。洋食屋でハムカツをメニューに載せるかなぁ」

流が腕組みをして考え込んでいる。

「そう言われてみたらそうやな」

こいしが片付けの手を止めた。

「とにかく大分へ行かんと。ついでに別府に行って温泉でも入ってくるか」

流が手を打った。

「うちも温泉だけ連れて行ってて」

「調子のええやっちゃ」

流が鼻で笑った。

2

降り立った京都駅のホームには生ぬるい空気が漂っている。清三は季節が一歩進んだことを実感した。

春はすぐそこまで来ているのに、清三の胸の内は真冬並みの寒気に占領されている。

この二週間ほどで何かが変わったかと自問すれば、また答えに迷ってしまう。トンネルの向こうに、進むべき道が開けているような気がする反面、またすぐに次のトンネルが待っているようにも思えてしまう。

京都駅を出て京都タワーを見上げた清三は、トレンチコートの襟を立てた。都大路《みやこおおじ》にはまだたっぷりと冬が残っているのだ。

今回は地図を見ることなく、迷わず目指す『鴨川食堂』の前に立てた。

「こんにちは。米山ですが」

引き戸を開けた瞬間、芳ばしい香りが鼻先をくすぐった。

「おこしやす。お待ちしとりました」

作務衣姿の流が茶色の和帽子を取って出迎えた。

「ありがとうございます。頼んでおいて言うのも何ですが、本当に二週間で捜しださされるんですね。驚きました」

トレンチコートを脱いで、清三は慣れた手つきでコート掛けに掛けた。

「こない言うたら何ですけど、今回は思うてたより早いことたどり着けました。米山はんの記憶が正しかったおかげですわ」

「ということは、やはりあの辺りにお店があったんですね」

「お話はあとにして、まずは食べてみてもらいまひょ。すぐにご用意しますわ」

和帽子をかぶり直して、流が厨房に戻って行った。

「おこしやす。今日はお酒はどないしましょ」

入れ替わりにこいしが出てきた。

「しっかり味わいたいので、今日はお茶にしておきます」

「あのハムカツやったらビールもよう合うんやけどなぁ」

「じっとがまんします」

清三が唇をまっすぐに結んだ。

「急須ごと置いときますよって、たっぷりと飲んでくださいね」

こいしがいたずらっぽい笑顔を清三に向けた。

厨房からは何かを油で揚げる音が聞こえてくる。前回通りがかったときに横目で見たが、フライヤーはなかったようだ。フライパンか鍋か、どちらで揚げているのだろう。油は何を使っているのか。厨房を覗いてみたい衝動にかられるのは料理人の性だ。

リズミカルな包丁の音が聞こえる。キャベツを千切りしているに違いない。

「ご飯があったほうがええやろ、てお父ちゃんが言うてますのでお持ちしました。要らんかったら残してください」

銀盆に載せて、飯茶碗と汁椀をこいしが運んできた。

「残すだなんて。あらかじめ頼んでおけばよかったと思っていたぐらいです。喜んでいただきますよ」

清三は飯茶碗と汁椀のなかを交互に覗きこんだ。

「おつゆはタマネギとジャガイモのお味噌汁です。ご飯は少なめに盛ってますんで、足らんかったら言うてください。もうすぐ揚がる思います」

こいしが厨房を振り向いた。

「実は、おみおつけで一番好きな具がタマネギとジャガイモなんです。子どものころは毎日このおみおつけでした」

料理を載せた盆を両手で持って、流が厨房から出てきた。

「そら、よろしおした。おかずがハムカツやったら、きっとこの味噌汁が合うやろと思うたんです。これが捜してはったハムカツです。キャベツの千切りとマカロニサラダを添えときました。このソースをたっぷり掛けて召しあがってください。和辛子も置いときますさかい、お好みで付けて食べとぅくれやす」

流は清三の前に銀皿を置き、盆を小脇に抱えたまま一礼した。

「ありがとうございます。記憶がたしかではないのですが、なんとなくこんな感じだ

った と思います」

清三は目を輝かせて皿の上を見まわしている。

「どうぞごゆっくり」

流とこいしは厨房に戻っていった。

味はまだ分からないが、少なくとも見た目はあの日食べたものとおなじだ。楕円形《だえんけい》の銀皿にたっぷりと千切りキャベツが敷かれ、その上に半円形のハムカツが重なり合っている。

両手を合わせた清三は箸でハムカツをつまみあげた。

薄い一枚のハムを半分に切ってからコロモを付けて揚げている。六切れあるからハムが三枚ということになる。大分で食べたときはもっと量があったようにも思うが、それもたしかな記憶ではない。

いきなりソースを掛けるのは料理人に対して無礼だとよく言われるが、清三はまったく気にならないほうだ。客が食べたいようにして食べればいい。

『ア・ロー』でも、ローストビーフをグレービーソースではなく、醤油とワサビで食べたいとリクエストする客がいるが、快くそれに応じている。

ソース瓶に入ったウスターソースをハムカツにまわし掛け、ついでにキャベツにもたっぷりと掛けた。

和辛子を米粒ほど載せ、ハムカツを口に運んだ。

実に旨い。ハムはむかしふうの、俗に言う赤ハムを使っている。コロモのパン粉は生ではなく、いくらか粗目のものだ。ウスターソースはおそらく既製品だろうが、酸味が利いていてハムカツにはぴったりだ。

あわてて白ご飯を口に入れる。清三の好みはもう少し硬めに炊いたご飯だが、こうして食べるにはやわらかめのほうが合うのだろう。

ふた切れ目は千切りキャベツを包むようにし、ご飯に載せて一緒に口に入れた。これだ。この味だ。思わず笑ってしまう。呑みこむのが惜しい。ずっと口のなかで味わっていたい気になる。

おみおつけをひと口飲んで、胸に手を当ててみた。

これからの料理人人生は、こういうものと向き合っていきたい。

今『ア・ロー』で出している料理は昼のコースが二万円からで、ディナーは三万円からだ。上客はいいワインも飲んでくれるから、夜はひとり当たり五万円ほどになる。下世話な話を承知で言えば、このハムカツなら千円も取ればひんしゅくを買うことになるだろう。へたをすると売上は今の一割にすら届かないだろうし、もちろん星など論外だ。会社も解散してスタッフも整理しないといけない。一からのスタートだ。そこまでの勇気が自分にあるのか。もっと言えばそこまでする必要があるのか。いっときの気の迷いであって、後悔するに決まっている。

だが、このまま今の料理を続けていくことにどんな意味があるというのか。

生まれ育った自分の境遇を振り返ってみればすぐに分かる。『ア・ロー』を訪れている客は特別な存在だ。一夜のディナーにふたりで十万円を平気で払う客のなかに、自分の両親などいるわけがない。大分の叔父夫婦しかり。勤めていた家具工場の社長はどうだろう。あり得ない。夜間高校の同級生たちは言うまでもない。いや、ひょっとして事業を成功させて、六本木あたりのタワマンに住んでいるヤツもいるかもしれない。仮にそうだとしても、さんざんお金に苦労してきたはずだから、そんな贅沢はせず、堅実に暮らしているに違いない。マモル、フジト、コウスケ、ヒロシ、順に顔を思い浮かべるうち、不意に涙があふれてきた。

成りあがってきたことに、ずっと誇りを感じて生きてきた。人一倍努力してきた結果のサクセスストーリーは、長く世間の注目を浴びてきたし、それは快感をともなって自信につながった。

三切れ目のハムカツを食べたあと、おみおつけに箸を付けた。

中学を卒業するまで、毎朝これを食べていた。ご飯と漬物、そしてタマネギとジャガイモのおみおつけ。それ以外の朝食を食べた記憶がない。だから、なんの疑いもなく、おみおつけは、タマネギとジャガイモの味噌汁のことだと思っていた。

タマネギはとろける寸前で、ジャガイモも箸でつまむと崩れそうにやわらかい。野菜のとろみで和風ポタージュのようになっているのも、子どものころに食べたのとまったくおなじだ。

あの洋食屋で食べたときのハムカツにライスは付いていたが、スープやおみおつけが付いていたかどうかは記憶にない。だが、もしも付いていたならこれ以外には考えられない。それほどに相性がいい。

前回は流の料理に目をみはり、どんな食材を、どう調理したのかに気を引かれてしまったが、今日は何も考えず、素直に料理を味わうことができている。

マカロニサラダを忘れていた。皿にたまったソースを和えて口に入れた。

思ったとおりの味だ。刻んだハムや胡瓜《きゅうり》とマカロニをマヨネーズで和えただけのものので、ご飯のおかずにもなってしまうほど味が濃い。

「どないでした？　こんなんで合うてましたやろか」

流が厨房から出てきて、清三の傍らに立った。

「はい。たぶんこんな感じだったと思います。味まではっきり覚えているわけではありませんが」

不意を突かれて、清三はあわてて小指で目尻を拭った。

「ハムカツはハムカツでっさかいなぁ。味に大差はおへんやろ」

「定食屋さんや居酒屋でハムカツがメニューにあると、たいてい食べてみるのですが、こんな味ではなかったです。店のまかないとして作ってみたこともありますが、まったく別ものになってしまいました」

「そら、そうですやろ。今はみな気張って作らはりますけど、そない力入れるもんやない。もともとが、ハムカツてなもんは、お肉が贅沢やったところに、肉の代用品としてハムを使うたんで、上等のハムを使うたり、ええ揚げ油を使うたりしたら別もんになってしまいますがな。今の時代は食材にしても調味料にしても、ええもんを選んだら美味しなると、みなが思いこんでまっけど、むかしは手近にあるもんをどう生かすか、を考えて料理したもんです。ハムカツはその典型ですわ」

「どう生かすか……」

清三が流の言葉をオウム返しした。

「ちょっと座らせてもろてもよろしいかいな」

「気が付かずに失礼しました。どうぞお掛けください」

　清三が中腰になった。

「ほな失礼して」

　テーブルをはさんで、流が清三の向かいに座ると、すかさずこいしが流の湯呑《ゆのみ》に急須の茶を注いだ。

「どんなふうに捜しだされて、このように再現されたのか。教えてください」

　テーブルに両手を突いて、清三が頭を下げた。

「ご想像どおりやろう思いますけど、まず大分に行きました。米山はんの記憶に従うて、駅前から城址公園辺りを隈《くま》のう歩きましたんやが、おっしゃってたように、それらしい洋食屋はありまへんでした。っちゅうか、それはわしの思うてたとおりで、もともとそんな洋食屋はなかったんや思います」

「幻の店だったということですか？」

　清三がわずかに気色《けしき》ばんだ。

「京都は洋食屋の多い土地なんやけど、むかしからの洋食屋にはハムカツがメニューに載ることはめったにない。裏メニューで出してるとこもあったかもしれまへんけど、ふつうの洋食屋にはハムカツはない。それはおそらく大分でもおなじやないかと思うて、古ぅからある大分の洋食屋はんで訊いてみたんやが、やっぱりそうでした。さいぜん言うてはったように、ハムカツをメニューに載せてるんは食堂やとか居酒屋ですわ。せやから米山はんが叔父さんに連れてもろうてハムカツを食べはったんは定食屋はんか大衆食堂やないかと当たりを付けたんです」

「僕の頭のなかではハムカツは洋食、というイメージだったのでお店は洋食屋さんだと思いこんでいたんですね」

「今もちょこちょこそういう店がありまっけど、むかしの食堂ていうたら、いろんな料理を本格的に作っとったんですわ。麺類やら丼もんがメインやったとしても、洋食やら中華料理まできちんと料理しとった。米山はんがハムカツ食べはった店もそういうとこやった。せやさかい洋食屋はんとおんなじ銀皿にハムカツを盛ってはったんでしょうな。おそらく叔父さんはあなたにハムカツを食べさせようと思うて、その食堂に連れて行かはったもんやさかい、メニューも見んと注文しはった。それでこの銀皿が出てきたら洋食屋やと思うても不思議やない」

「なるほど。そういうことだったのですか」

清三が大きくうなずいた。

「ただ、残念なことにそのお店は今から二十年前に店仕舞いしてしまわはりました。

『ひた食堂』ていうお店でしてな、こんなハイカラな外観でしたんや」

流がタブレットの画面を清三に見せた。

「そうか、レンガ建ての店だったから洋食屋だと思ったんですね」

「それもありまっしゃろな」

「この写真はどこで入手されたんです？」

「『ひた食堂』があった場所のすぐ近くに『岳尾屋《たけおや》食堂』っちゅう店がありましてな、ここは大正時代の創業という古い店ですねん。とり天が美味しいて聞いたもんやさかい、それを食べに行きがてらご主人に話を聞いたんですわ。『ひた食堂』のご主人と先代のご主人が友だちやったらしいて、いろいろ思い出話を聞かせてもらいました」

「そうやって捜しだすんですか。話で聞くと簡単そうだけど、実際に足を運ぶとなるとご苦労もあるんでしょうね」

清三がタブレットから目を離した。

「苦労てな、そないたいそうなことやおへん。地道に糸をたぐっていったら、かならず行き着くもんですんや」

「その『岳尾屋食堂』にもハムカツがあったんですね」

「いや、ありまへんでした。いっとき先代がメニューに載せてはったこともあったようやけど、最近はやってへんそうです」

「では、このハムカツはどうやって？」

「九十を過ぎてはるいうのに、先代のご主人はむかしのことをよう憶《おぼ》えてはって、『ひた食堂』のことをいろいろ教えてくれはりましたんや。『ひた食堂』のハムカツは百回ぐらい食べたて言うてはりました。お店の外観以外の写真は残してはりまへんでしたが、この銀皿を使うてたやとか、ハムはこんなんやったとか、ソースはどこのメーカーを使うてたとか、しっかり教えてくれはったんです」

「ということは、そのお店の先代のご主人がおられなかったら、このハムカツは再現できなかったということですね」

「そういうことですわ。偶然のようにも思えまっけど、必然やとも言えます。それは米山はんの思いですわ。あなたの思いが、そういう出会いに行き当たらせてくれますんや。これまでもそんなことはしょっちゅうありました。人間の思いっちゅうのは強いもんです」

「僕の思いが、ですか。なんだか面はゆい気もしますが」

「なんであなたが今になって三十年以上も前に食べたハムカツを捜そうと思わはったか。それはあなたがおっしゃってたとおりや思います。ご自分が今作ってはる料理に疑問を感じて、料理人になろうと思わはった原点に戻って、これから先、どんな料理を作っていったらええかを見極めたい。ええお話や思います。けど、あなたのなかでは、このハムカツを食べる前から既に結論が出てたん違うかなぁとも思うんですわ」

流の言葉に清三はハッとした顔をかためた。

「食通と言われてる人らの評判ばっかりを気にするのに疲れたていうか、飽き飽きしてきた。高級食材やとか特別な素材や調味料に頼らん、ふつうの料理にしようと思うてはった。このハムカツがその後押しをできたんやとしたら嬉しおす」

清三は何か言いかけようとして、まとめ切れないのか口をつぐんでしまう。それを二度三度繰り返したのを間近にして、流がふたたび口を開いた。

「言い古された言葉でっけどな、料理は形やない。心なんですわ。けど、料理屋っちゅうのは因果なもんで、儲《もう》けんならんわけです。評判も呼ばんとあきまへんし、そうなると星のひとつやふたつ欲しいなって当たり前ですわな。そのためには世間の評価も気に掛けんわけにはいかん。ときにはグルメ評論家やとかブロガーはんやらの好みに合わせせんならんこともある。難儀なこってすなぁ」

流の言葉を聞いて、清三は握りしめていたこぶしをゆるめた。

「鴨川さんはすべてお見通しなんですね。グルメ評論家の人たちは、まさに手のひらを反《かえ》すように、高級食材の多用に疑問を投げかけているし、純粋なフレンチよりもニューウェーブの洋食屋に注目が集まっているのもその一端でしょう。情けない話ですが、僕も無意識にその流れに乗ろうと思っていたのです」

「えらそうなこと言うてかんにんしとぅくれやっしゃ。わしかて若いときはおんなじでした。そのころは口コミのグルメサイトてなもんはありまへんでしたし、例の格付け本もまだ日本版はありまへんでしたさかい、気に掛けるのはもっぱら食通の客だけでしたけどな。むかしの食通っちゅうのは、今みたいなビジネスと違《ちご》うて、純粋に料理を批評したり評価したりしとったんで、聞く耳を持つ意味があったんでっけど、今は違いまっしゃろ」

「食のブームを作っておいては壊し、それを繰り返している人たちに食文化がどうだとか語ってほしくないと思うのですが、なにせ僕らは弱い立場ですし、なかなか逆らえないんですよ」

「逆らわんでもよろしい。気にせんのが一番ですわ。世間の評判やとかは気にせんと、自分がええと思うた料理を作って、喜んで食べてもらえたら、料理人冥利《みょうり》に尽きますがな」

「とっくに見透かされているでしょうから、正直に言いますと、この前おじゃましたときまでは、さっきから鴨川さんがおっしゃっているとおりの気持ちでした。邪心だらけだったと思います。貧しい暮らしのなかで出会ったハムカツをもう一度食べたことで、料理の方向性ががらっと変わった。そんな物語を作ることで、また新たな注目を浴びたい。さすが米山だ、そう言わせたい。そんな気持ちが心の片隅にあったことは間違いありません。でも、今日ハムカツをいただいて吹っ切れました。信じてもらえないかもしれませんが、余計な邪念みたいなものが、すーっと消えていったんです。嘘《うそ》じゃないんです。かっこよく言えば、心が洗われたというか。積年の恨みも晴れたような気がします」

清三がこぶしを握ったまま天井を仰いだ。

「恨み？」

こいしが訊いた。

「表向きは平気なふうを装ってきましたが、心のなかでは自分の生い立ちを恨んでました よ。不甲斐《ふがい》ない両親のおかげで、ずっと貧しさを強いられてきて、あげくは子育てを放棄して、叔父に僕を押し付けてしまった。いっとき僕は本当の子どもじゃなかったのかもしれないと思いました。父を連帯保証人にして借金したのは、どんな人か教えてもらえませんでしたが、捜しだして家に火を点《つ》けてやろうかと思ったこともありました。そんな恨みをバネにしたからこそ、成りあがれたのかもしれませんが、故郷にいい思い出なんてひとつもない自分が哀れでした」

清三が目を潤ませた。

「この前お話を聞いてて、つらい境遇やったやろに、淡々と話してはって、よっぽど強い人なんやなぁと思うてましたけど」

「弱い人間ほど強がって、平気なふりをするんですよ」

「男っちゅうのは、そういうとこもあってええ思いまっせ」

流が笑顔を丸くした。

「失うことを怖《おそ》れていましたが、よくよく考えれば、それを失《な》くしたからどうだというのだ、なんですね。もともと店に星なんてなかったのですから。それより、もっともっとだいじなものを得られるかもしれない。今は心底そう思っています」

清三は晴れやかな笑顔を見せた。

「よろしおした。お役に立てたんなら嬉しおす。たいしたもんやおへんけど、いちおうレシピらしきもんを書いときましたんで、ご参考になさってください。ハムは俗に言う赤ハムっちゅうヤツで、厚さは二ミリです。チョップドハムていうとるとこもありますな。一枚三十円もしまへん。パン粉も生やのうて市販のもんです。揚げ油はラードを使うてますけど、コロッケやとかトンカツとかを何度か揚げて、変色しかけとるようなもんを使いました。ソースは『マルボシ酢』っちゅうお酢の会社が作ってる〈さつきソース〉です。一升入りで八百円ほどでっさかい特別なもんやおへんけど、『ひた食堂』ではこれを使うてたらしいです。『岳尾屋食堂』の先代さんの話を参考にさせてもろて再現したレシピです。食べはったさかい、ようお分かりや思いますけど、いたってふつうのハムカツです」

流がファイルケースを手わたした。

「ありがとうございます」

押しいただいて、清三はていねいにトートバッグに仕舞った。

「よかったですね」

こいしが急須のお茶を注いだ。

「そうそう。だいじなことを忘れるところだった。この前のお食事代と併せて、探偵料を払わせてください。いかほどになりますでしょうか。きっとカードは使えないだろうと思って、たっぷり用意してきましたので」

清三がトートバッグから分厚くふくらんだ長財布を取りだした。

「うちは金額決めてしません。お気持ちに見合うだけをこちらの口座に振り込んでください」

こいしが折りたたんだメモ用紙をわたした。

「承知しました。忘れないうちに京都駅のATMから振り込ませていただきます」

コートを腕に掛け、トートバッグを肩に引っ掛けた清三は店の引き戸を開けた。

「どうぞお気を付けて」

こいしが送りに出た。

「お世話になりました」

清三が深く一礼した。

「お荷物になりまっけど、これを持って帰ってください」

流が手提げの紙袋を差しだした。

「これは？」

受け取って清三がなかを覗きこんだ。

「さいぜんの味噌汁に入っとったタマネギとジャガイモ、付け合わせに使うたキャベツと胡瓜です」

「はあ」

清三は重い荷物に顔をしかめた。

「懐かしおしたやろ。それはみなご実家の畑で穫《と》れたもんです」

「誰があの畑を？」

清三がジャガイモを手にした。

「ご実家があった場所のすぐ横に畑はありましたわ。誰ぞが耕し続けてはるんですやろな。無人販売所があったんで買うてきました」

「そうでしたか」

清三は手のなかのジャガイモをじっと見つめている。

「思い出に、ええも悪いもありまへん。何があってもあなたの故郷は大分なんですわ。あなたを叔父さんに託さはったご両親の思いも積もってますやろ。どんなことがあっても親が自分の子どもを手放すてなことはあり得まへんのや。よっぽどのことやろ思います。ご両親もつらかったですやろな。けどその甲斐あって、あなたはこうして立派な料理人にならはった。ご両親も叔父さんもきっとあっちで喜んではることですやろ」

「故郷……」

清三がジャガイモを持つ手に力を込めると、頰をひと筋の涙が伝った。

「その野菜を使うて美味しい料理を作ってくださいね」

こいしが言葉を掛けると、清三はこっくりと首をたてに振った。

右肩にトートバッグをあずけ、左手の紙袋を持ち直して、清三が正面通を西に向かって歩きだした。

「米山はん」

流の声に清三が立ちどまって振り向いた。

「お師匠はんの思いをちゃんと胸に仕舞うときなはれや」

「はい」

大きな声を返して、清三がふたたび歩みを進めた。

清三が角を曲がるまでその背中を見送って、流とこいしは店に戻った。

「米山さんの、お師匠さんてだれやったっけ」

片付けをしながらこいしが訊いた。

「実際には師事してはらへんかったやろけど、心の師匠としてはったフレンチのシェフがやはったはずや。米山はんのお店の屋号は『ア・ロー』。調べてみたら、水を使うっちゅう意味やそうな。そのフレンチのシェフはバターやとかクリームを極力使わんことで脚光を浴びた人なんや。いわば水の料理や。米山はんはそれを目標にして店をしてはったんやろけど」

「そのフレンチのシェフの店て今でもあるん？」

「残念ながらそのシェフが亡くなってしもうた。ほんまかどうや分からんけど、一説では格付け本で格下げされるのを苦にして自殺しはったて言われとる」

流が仏壇の前に座った。

「そうやったんか。料理の世界もいろいろあるんやなぁ」

こいしが流のうしろにまわった。

「格付けやとか星やとかは縁のない商売しとってよかったわ」

流が線香を立てた。

「よそからもらわんでも、お母ちゃんがお父ちゃんに三ツ星あげてるもんな」

目を閉じて、こいしが手を合わせた。

第六話　ちらし寿し

1

夜九時に新潟駅から乗り込んだ夜行バスは、翌朝六時三十分に京都駅に着いた。

バスを降りた千原亜弓《ちはらあゆみ》は、両手を高く上げ、思いきり伸びをした。初夏の日差しが青い空からたっぷりと降りそそいでいる。まぶしさに亜弓は目を細めた。

ベージュのカーブパンツにグレーのチュニック。京都という街を訪れるにはカジュ

アル過ぎるかと思ったが、軽装にしてよかった。

想像していたほど窮屈ではなかったけれど、それでもやはり十時間近くバスに乗ると、身体《からだ》がかたまってしまう。うとうととはするものの、ぐっすりとはほど遠い睡眠だった。

めったに旅行などしない亜弓は、この旅のために白いキャリーバッグを買い、着替えや洗面用具、化粧品など一泊とは思えないほどの荷物を詰めこんだ。

八条通を北に渡り、JR京都駅の南北自由通路を通って、塩小路《しおこうじ》通に出た。

探偵事務所へ行くにはまだ早すぎる。時間調整も兼ねて、ひと風呂浴びようと亜弓は目論《もくろ》んでいる。京都タワーの地下に大浴場があるのだ。それもしかし七時にならないと開かない。朝陽《あさひ》に照らされて白く輝く京都タワーを見あげてから、亜弓は周りを見まわした。

陽が差してくるほうに、コンビニの看板が見える。サンドイッチとコーヒーで先に朝食を済ませよう。キャリーバッグを転がしながら、亜弓は東に向かって歩いた。

コンビニのイートインコーナーでゆっくり朝食を愉《たの》しみ、湯当たりしそうなほど長湯し、念入りに化粧しても、まだ十時半を少し回ったばかりだ。

食を捜してくれる探偵事務所は、食堂も併設しているようだから、おそらく昼前には開くだろう。下見をかねて行ってみよう。

京都タワービルを出た亜弓は、烏丸通を北に向かって歩き、七条通を越えて東に渡り、地図を見ながら正面通を東に折れた。

「すみません。この辺に『鴨川探偵事務所』ってあります?」

通りを歩く僧侶に亜弓が訊《たず》ねた。

「探偵事務所? 聞いたことないなぁ。なんかの間違いと違います?」

「この地図のこの辺だと聞いてきたのですが」

亜弓が地図を見せる。

「なんや。流はんの食堂のことかいな。そう言うたら娘のこいしちゃんが、食べもんを捜す仕事してるて聞いたことあるな。それやったら、ここを東にまっすぐ行って右側の小汚い建てもんや。看板もないし暖簾《のれん》もあがってない。商売する気ないんかいな、っちゅうとこやけど、ええ匂いがしとるさかい、すぐに分かるやろ」

僧侶らしからぬ、少しばかり乱暴な物言いに戸惑いながら、亜弓は礼を述べて言われたとおりの建物を捜した。

僧侶の言葉どおり、お世辞にもきれいとは言えない二階建ての家の周りには、美味《おい》しそうな匂いが漂っている。亜弓は思いきって引き戸を引いた。

「いらっしゃい」

明るい声で迎えてくれたのは若い女性だ。僧侶の言っていたこいしだろうか。

「すみません。食を捜してくれる『鴨川探偵事務所』はこちらでしょうか」

「はい。うちがその探偵事務所の所長をしてる鴨川こいしです」

おなじくらいの年恰好《としかっこう》で、ジーンズにソムリエエプロンを着けているこいしは、どう見ても探偵には見えない。

「こちらは食堂もやってるんですよね」

客のいない店の中を亜弓が見まわしている。

「ヒマな食堂ですねん。看板も暖簾もありませんし、通りがかりの人はたいてい素通りしはりますわ」

こいしは苦笑いしながら、テーブルを拭いている。

「お腹《なか》の具合はどないです？」

茶色い作務衣《さむえ》を着た男性が出てきて亜弓に訊《き》いた。

「うちのお父ちゃんの鴨川流です。食堂の主人やってるんですよ」

「新潟から来ました千原亜弓です。食を捜してもらいたくて来たのですが、何か食べさせてもらえるのですか？」

「たいていお話をお訊きする前に、お父ちゃんの料理を召しあがってもろてるんです。どうぞお掛けください」

「ありがとうございます」

亜弓はキャリーバッグを隅に置き、パイプ椅子に腰かけた。

「苦手なもんはおへんか？」

流が訊いた。

「アレルギーなのでサバだけはダメですが、それ以外は好き嫌いなくなんでもいただきます」

「よろしいな。ほな用意しまっさかい、ちょっとだけ待ってとぉくれやっしゃ」

和帽子をかぶり直して、流が店の奥に入っていった。

「お酒はどないしましょ。新潟のかたやったら日本酒がお好きなんと違います？」

「母はよく飲みましたけど、父はまったくの下戸《げこ》です。わたしはちょうどその真ん中。お酒を飲むのは好きなんですが、すぐに酔っぱらってしまうので、少しだけいただきます」

「新潟の人に新潟のお酒もええけど、京都のお酒にしますわね」

こいしが流とおなじほうに駆けていった。

「なんでもいいんですよ。お酒には詳しくありませんし」

こいしの背中に亜弓が声を掛けた。

改めて店のなかを見ているうち、亜弓は不安になってきた。今住んでいる新潟にも、生まれ故郷の長岡《ながおか》にも、もうこんな古びた店は少なくなってきた。時代に取り残されたような店でどんな料理が出てくるのか。それより何より、こんな店をやっている父と娘に打ち明けていいのだろうか。

「先にお酒をお持ちしました。『伊根満開《いねまんかい》』ていう丹後《たんご》のお酒なんですよ」

こいしがボトルのラベルを見せると、亜弓は大きく目を見開いて顔を近づけた。

「ひょっとしてこの伊根って、舟屋《ふなや》で有名な、あの伊根ですか？」

「そうですよ。新潟の人やのによう知ってはりますね」

「おばあちゃんが昔この伊根に住んでいたんです。何回か行きました。いいところですよね。あそこにこんなお酒があるなんて、ちっとも知りませんでした」

亜弓が手に取ったボトルを撫《な》でている。

「うちもいっぺんだけ行きましたけど、ほんまにええとこですよねぇ。船から見たんですけど、舟屋に住んでみたい思いましたわ」

ボトルを受けとって、こいしがワイングラスに注《つ》いだ。

「え？　中身はワインなんですか？」

　亜弓が声を高くした。

「古代米の赤米を使《つこ》うてるさかい、赤いんやけど日本酒なんですよ。せっかくきれいなお酒やから、透明のワイングラスで飲んでもろたほうがええと思うて」

「父は下戸だから、自分の故郷にこんな変わったお酒があるなんて知らないだろうな」

　亜弓はワイングラスをゆっくりかたむけた。

「伊根に住んではったおばあちゃんのおうちは漁師さんやったんですか？」

「いいえ。民宿をやってました。一日ひと組だけで、それも春から秋だけしかお客さんを取らないっていう、変わった民宿でした」

「なんや今っぽいですやん。高級民宿でしたん？」

「それがぜんぜん。あ、このお酒美味しい。甘酸っぱくて飲みやすいですね」

「見た目もやけど、味もワインみたいやて言う人もやはるけど、よう味おうたらやっぱりお米の味がしますやろ」

「たしかに」

　亜弓はグラスをしげしげと見つめている。

「お待たせしましたな」

流が銀盆に載せて持って来たのは、大ぶりの竹籠だ。

「見たこともないご馳走《ちそう》です」

目の前に置かれた料理を見まわして、亜弓はキラキラと目を輝かせている。

「簡単に料理の説明をさしてもらいます。ええ気候になりましたんで、新緑弁当ふうに籠盛りしました。左上の赤絵小鉢は筍《たけのこ》の木の芽和《あ》え。ありきたりでっけど、この時季には欠かせまへん。その右手のガラスの小皿には剣先イカの細造りを載せてます。ムラサキウニを絡めてますんで、粉醤油《こなしょうゆ》を振りかけてください。右端の織部皿は山名残《なご》りの味を愉しんでもろたら嬉《うれ》しおす。その下の黄瀬戸《きぜと》皿には牛ヒレの竜田揚げを載せてます。粒マスタードを付けてもろたら美味しおす。その左手は笹巻《ささまき》ちまき寿司《ずし》。平目の昆布〆《こぶじめ》と蒸し海老《えび》、煮穴子の三種類です。お醤油は要《い》りまへん。笹を解いてそのまま手ぇで食べてください。その左の染付鉢にはアサリのしぐれ煮が入ってます。大葉で包んで食べてもろたらサッパリして旨《うま》いです。その下の備前の皿は鮎《あゆ》の塩焼き。そのままでもええんやけど、蓼《たで》の葉を酢に漬けたんを添えてますんで、一緒に食べてみてください。小さい鮎やさかい、頭からかぶってもろたらよろしい。下の段の真ん中は鶏《とり》ササミのカツ。梅塩を振りかけて食べてください。右端のココットに入っとるのは、ゴボウと豚肉のカレー煮込み。お嫌いやなかったら、刻んだパクチーと一緒に食べてください。今日は〆に小さい中華そばを用意してまっさかい、ええとこで声掛けてください」

料理の説明を終えて、流が銀盆を小脇にはさんで一礼した。

「こんなご馳走ははじめてなので、何からどう食べていいのか分からないのですが」

亜弓は箸を両手で持ったまま、ぼうぜんとしている。

「食いもんに決まりはおへん。好きなもんを好きなように食べてもろたらよろしい」

流は亜弓にやわらかい笑みを向けた。

「そう言われても……」

亜弓は戸惑った顔つきで、まだ箸を付けられずにいる。

「ふだんとおんなじように食べてもろたらええんですよ。お酒は瓶ごと置いときますよって、好きなだけ召しあがってください。うちは事務所のほうに行って準備してますけど、お父ちゃんは厨房《ちゅうぼう》にやはるんで、なんかあったら声を掛けてくださいね」

こいしと流が下がっていくと、ひとり残った亜弓は、目を上下左右に気ぜわしく動かしている。

やがて意を決したようにうなずき、目を閉じ手を合わせてから、竹籠に箸を伸ばした。

亜弓が最初に箸を付けたのは、牛ヒレの竜田揚げだった。好物の鶏の唐揚げに近く、慣れ親しんでいるからだ。粒マスタードを載せて口に運ぶと、そのまろやかな味わいに、思わず声を上げそうになった。

いつも食べている唐揚げとは似て非なるものだ。ニンニクやショウガなどの香辛料はまるで感じられず、それなのに肉の臭みはまったくない。歯が要らないほどやわらかい肉だが、嚙《か》むとしっかり肉汁が舌に染みこんでくる。世のなかにはこんな美味しいものがあるのか。たったひと品食べただけでそう思わせる料理に、亜弓は胸を高ぶらせている。

次に箸を付けたのが、ゴボウと豚肉のカレー煮込みなのも最初とおなじ理由で、カレーは亜弓の好物だからである。こんなときでも冒険できない自分の性格に薄笑いしてしまう。

一番気になっていたのは笹巻ちまき寿司だ。新潟にも笹寿司があるが、ちまきのように細く巻いたりはせず、包んであるといった感じだ。なかの寿司はどうなっているのか、ひとつだけ笹を解いてみた。

真っ赤な海老に小さな酢飯が包まれている。握り鮨《ずし》を強く固めたような感じだ。指でつまんで口に放りこむ。海老が甘い。急いであとのふたつの笹を解き、穴子と平目を一気に食べた。

竹籠に盛られた九品のうち三つを食べて、最初に軽く見ていたことを心のなかで詫《わ》びた。食の経験が豊富とは言えない亜弓でも、この店の料理が図抜けていることが分かった。

残りの六品をどの順に食べようか。胸をふくらませながら、亜弓は迷い箸をしている。

とり立てて豪華というわけでもなく、凝った料理でもないのだが、どれもがしみじみとした美味しさでお腹におさまっていく。

これまでの人生で二度しか食べたことのない鮎の塩焼きに、ゆっくりと箸を伸ばした。

二度ともその骨に手こずり、加えて川魚独特の匂いに閉口し、まったくもっていい印象を持っていない。

しかし、これまでとはまるで別ものだった。前に食べたときは二度とも大きな鮎で、焼き方も浅かったが、焦げているのではと思うほどしっかり焼いた鮎は、流の言葉どおり思いきって頭からかぶりついても、まったく骨を感じさせず、魚というより、胡瓜《きゅうり》のような野菜の香りが口のなかに広がった。

なにもかもが特別なのだ。

「どないです？　お口に合《お》うてますかいな」

大半を食べ終え、名残りを惜しんでいるところへ流が顔を出した。

「食のことに詳しくないわたしには、もったいないようなお料理で」

亜弓が思ったままを言葉にした。

「料理っちゅうもんは、頭やのうてここで食べるもんでっさかい、詳しいのうてええんです」

流が腹を二度はたいた。

「これだけの料理をお作りになるには、相当な修業をなさったんでしょうね」

「ほとんど見よう見まねでっさかい、たいした修業はしてまへん。どれも自己流ですわ」

流は苦笑いしながら、空になったグラスに酒を注いだ。

「すみません。夢中で食べていたのでお酒のことをすっかり忘れていました」

亜弓があわててグラスのステムに指を添えた。

「もうちょっとしたら中華そばをお持ちしますわ。量はどないしましょ？」

「たくさんお料理をいただいたので、半分くらいでお願いできますか」

「分かりました。ゆっくり召しあがっとってください」

流が厨房に戻っていった。

厨房には流以外、人の気配がない。ということは料理はすべて流がひとりで作っているのだ。品数も少なくないのに、どれも出来たてのように思える。揚げ物や焼き物もちゃんと熱々だ。

鶏ササミのカツは言われたとおり梅塩を振りかけて食べた。カツと言えばソースを掛けるものだと思い込んでいたが、こうして食べると日本料理のひと品のように上品な味になるのも不思議だ。

日本酒の瓶を見るとけっこう減っている。こんなに飲んだのは生まれてはじめてかもしれないのだが、それにしては、まったくと言っていいほど酔った感じがしない。よほどいいお酒なのだろう。

「長いこと店やってますけど、中華そばを出すのはめったにないさかい緊張しますわ」

そう言いながら、流が亜弓の前にラーメン鉢を置いた。

「そうなんですか」

亜弓は酔いで紅《あか》く染まった顔をラーメン鉢に近づけた。

薄い醤油色をしたスープにまっすぐの細麺。チャーシューが二枚とメンマ、モヤシだけが載ったシンプルな中華そばだ。刻みネギが浮かんだスープをレンゲで掬《すく》い口に運んだ。

「どないです？」

流が亜弓の顔を覗《のぞ》きこんだ。

「美味しいです。ありきたりですけど、ほかの言葉が見つかりません」

亜弓はうっとりとした表情でレンゲを置いて、箸を手に取った。

「よろしおした」

ホッとしたように流が口もとを緩めた。

亜弓は麺をすすり、スープを飲み、具を食べてあっという間にラーメン鉢を空にした。

「半分にせんでもよかったんと違いますか」

傍らに立つ流が苦笑いした。

「かもしれませんね」

亜弓もつられて笑顔を見せた。

「ラーメンがお好きなんでっか？」

急須の茶を、流が湯呑《ゆのみ》に注いだ。

「もともとはあまり好きじゃなかったんですが、今お付き合いしている彼がラーメンフリークで、あちこち食べに行っているうちにハマってしまいました」

「新潟からお越しになったて言うてはりましたな。あっちはどんなラーメンなんです？」

鉢を下げ、亜弓の前に湯呑を置いた。

「地域によって少しずつ味が違うんです。新潟四大ラーメンっていうのがあるんですけど、彼は五大ラーメンだって言い張ってます。そのなかで、長岡系って言うみたいですが、ショウガの利いた醬油ラーメンが美味しいんです。今いただいた中華そばともよく似た味なんですよ」

「利かすいうほどではありまへんけど、わしもスープにはショウガを入れてます。気に入ってもろてよかったですわ」

「すみません、お嬢さんを長いことお待たせしてますよね」

亜弓は腕時計を見て腰を浮かせた。

「気にせんといてください。いっつもこんな感じでっさかい、ゆっくりしてもろたらええんでっせ」

「お酒もたっぷりいただきましたし、充分ゆっくり愉しませてもらいました」

ハンカチで口元を拭きながら立ちあがって、亜弓がパイプ椅子を戻した。

「ほな、奥のほうへご案内します」

ゆっくりと歩きはじめた流は、厨房の横を通って細長い廊下へ出た。

すぐうしろを歩く亜弓は、廊下の両側の壁にびっしりと貼られた写真に目を留めた。

「これは？」

「わしが作った料理の写真ですわ。無精もんやさかいにレシピてなもんは残してまへんのや。その代わりに写真に撮って残しとくいうわけです」

「びっくりです。うちの父もおなじようなことしてますので」

立ちどまって亜弓が次々と写真に目を近づけていく。

「お父さんも料理人でっか？」

流が振り向いた。

「とんでもない。まったく料理のできない人です。お恥ずかしい話ですが、父は鯛焼《たいや》き屋をやってるんです」

「なにが恥ずかしいことありますかいな。鯛焼きかて立派な料理でっせ」

流が語気を強めた。

「失礼しました。でも、こんないろんな料理じゃなくて、店の壁に貼ってあるのは、鯛焼きの写真ばっかりなんですよ。どれもおなじだから一枚だけ貼ればいいと思うのですが」

「おんなじに見えても、それを焼いてはるお父さんにはそれぞれ別なんやと思いますわ」

「そうなんでしょうかね」

気のない返事をして、亜弓はゆっくりと歩を進め、流のあとをついていく。

「お父さんはおひとりで鯛焼き屋を?」

足を止め、前を向いたまま流が訊いた。

「はい。十五年ほど前に父がひとりではじめました」

「立ち入ったことを訊きまっけど、それまでは何してはったんです?」

「うちは代々続く米屋でしたから、父もその仕事を継いでいました」

「そうでしたか」

流が歩きだした。

「これは奥さまですか?」

亜弓がツーショット写真を指した。

「信州へ旅行に行ったときですわ」

「奥さまはお店を手伝われないのですか？」

「あっちへ行ってしまいよったさかいに」

流が廊下の天井に指先を向けた。

「そうだったんですか」

亜弓が声を落とすと、流は突き当たりのドアをノックした。

「どうぞ」

ドアを開けてこいしが笑顔を亜弓に向けた。

「あとはこいしにまかせときますんで」

言い置いて、流はきびすを返した。

実家の米屋にもこんな応接室があって、父はよくそこで帳簿を付けていた。おなじようなソファセットに、亜弓はこいしと向かい合って座った。

「簡単でええので依頼書に記入してもらえますか」

こいしはしごく事務的に、バインダーとボールペンを手わたした。

受け取って亜弓はペンを持って書きはじめたが、はたとその手を止めて、こいしに顔を向けた。

「家族というのは今の、という意味でしょうか？」

「差しつかえがあるようやったら、省いてもろてもいいですよ」

小首をかしげながら書き終えて、亜弓はバインダーをこいしに返した。

「千原亜弓さん。新潟市にお住まいで、自動車販売店にお勤め。お父さんと住まいは別なんですね。新潟と長岡てどれぐらい離れているんですか？」

「五、六十キロくらいかなぁ。車で一時間は掛かりません。新幹線に乗れば二十分ほどで着きます」

「そんなに近いんや。京都と大阪ぐらいの感じですね」

「新潟の会社まで実家の長岡からは、通えないこともないのですが、ひとり暮らしをしたかったので」

「そうやねぇ。鯛焼き屋さんをしてはるお父さんとずっとふたり暮らし。ひとり暮らししたいなぁて思いますやろね。お茶かコーヒーかどっちがよろしい？」

こいしが立ちあがった。

「コーヒーをいただきます」

うなずいてこいしがコーヒーマシンのスイッチを入れた。

「ひとり暮らしをはじめはってから、どれぐらいになるんです？」

「もうすぐ六年になります」

「お父さん、寂しがってはるんと違います？」

「さあ、どうなんでしょうね。口数も少なくて、あまり感情を表に出さない人ですから」

「心のなかでは寂しい思うてはるんやろなぁ」

「鴨川さんのところはどうなんですか？」

「うちは……、そうやなぁ。ふたり一緒に居るのが当たり前みたいになってしもうてるし。さっきも言いましたけど、たまぁに、ひとり暮らししたいなぁて思うこともあります」

　こいしがローテーブルにコーヒーを置いた。

「失礼ですけど、ご結婚は？」

　亜弓が訊いた。

「そんな気配もありませんわ」

　こいしが笑って答えた。

「お父さまへの遠慮があったりしません？」

「ないて言うたらウソになりますけど、縁がないさかいやて思うてます。亜弓さんはどうなんです？」

こいしが切り返した。

「結婚を考えている男性は居ます。二年前から付き合うようになって、父にも紹介しています」

コーヒーカップを持ったまま、亜弓がテーブルに視線を落とした。

「そうなんやぁ。うまいこと行ったらいいですね」

「あれこれ考えると、なかなか踏み切れなくて」

亜弓がコーヒーに口を付けた。

「本題に入ります。亜弓さんはどんな食を捜してはるんです」

こいしがローテーブルに置いたノートを開いた。

「ちらし寿しです」

「ちらし寿しかぁ。長いこと食べてへんな。どこで食べはったんです？」

「それが……食べていないんです」

亜弓が顔をしかめた。

「どういうことなんか、詳しいに教えてください」

ノートの綴《と》じ目を手のひらで押さえ、こいしがペンをかまえた。

「小学五年生のときですから、今から二十四年前に両親が離婚したんです。双子の妹が居て、妹の亜希《あき》は母が引き取り、わたしは父親とふたり暮らしになりました」

「双子の妹さんがやはるんですか。やっぱりよう似てはるんやろね」

こいしがノートにイラストを描きつけている。

「子どものころは、ふたりが入れ替わっても分からないと言われるほどよく似ていました。でも不思議ですねぇ、別々に暮らすようになってから、明らかに顔つきが変わってきました」

「そういうものなんですか」

「妹の亜希は六年前に結婚しました。それを機に、わたしもひとり暮らしをはじめようと思ったんです」

「なんとのうやけど、亜弓さんの気持ちが分かります。父親とふたり暮らしやて言うと、相手の男の人が敬遠しはるような気がします」

「たぶん母親だったら話が違ったと思うんですけど。男どうしって難しいでしょ」

「そうですねん。お父ちゃんはようしゃべらはるほうやさかい、ましなほうや思うけど」

「男性と出会う機会も少なくなりますので、ひとり暮らしをしようと思って新潟の会社に転職したんです。その通知を見せて、新潟でひとり暮らしをすると父に告げました」

「どんな反応しはりました？」

「それが、びっくりするほどあっさりしていて。理由も訊いてくれませんでした」

「覚悟してはったんやろねぇ。たぶんうちのお父ちゃんもおんなじやと思いますわ」

「父と一緒に暮らす最後の夜でした。父はお寿司が大好きなので、奮発して新潟で一番美味しいというお店で折詰を作ってもらって持って帰ったんです」

「お父さん、喜ばはったでしょ」

「それがね、その日父はちらし寿しを用意していたみたいなんです。でも、わたしが握り鮨を持って帰ったのを見て、それをあわてて引っ込めました」

「なんで引っ込めはったんやろ。一緒に食べたらええのにね」

「わたしもそう思ったんですけど、父は料理が苦手なので、たぶん既製品を買ってきたのでしょうね。高級な握り鮨を見て気まずくなったのだろうと思います」

「せつない話やなぁ。亜弓さんが悪いんやないけど、そのときのお父さんの気持ちを思うたら泣きそうになるわ」

こいしが瞳を潤ませた。

「料理なんてめったに作らない父でしたから、まさか用意しているなんて思いもしませんでした。わたしが特にちらし寿し好きだったわけでもないし、なんであの夜にちらし寿しだったんだろうと今でも謎なんです」

「てっきり亜弓さんの好物やと思うたんですけど違うんですか？」

こいしの問いかけに、亜弓はこくりとうなずいた。

「めったに料理を作らはらへん人には、ちらし寿してハードル高いと思います。好物でもないのに、なんでちらし寿しやったんやろ」

こいしはちらし寿しのイラストを描いている。

「どこかで既製品を買ってきたか、誰かに作ってもらったか、ふたつのうちどちらかだと思うのですが」

「そのちらし寿しをなんで今になって捜そうと思わはったんです？」

こいしがペンをかまえなおした。

「さっきもお話ししたように結婚を考えている男の人がいるんです。ところが彼はオーストラリアのシドニーへ赴任することが決まっていて、結婚するとなるとわたしもシドニーに住むことになります。父を置いていくのが忍びなくて」

「けど今も別居してはるんやから、あんまり変わらへんやないですか」

「父は持病を抱えているので、週に三日ほどは顔を見がてら、食事を届けに長岡へ帰っています。でもオーストラリアへ行ってしまうと、それができなくなるでしょ」

「たしかにそれは心配ですね。けど、そのこととちらし寿しはどんな関係が？」

「わたしには父の胸の裡《うち》がよく分からないんです。言葉少なですし、感情もあまり表に出しません。そんな父が、ただ一度だけ、食事を用意していた。それは何かをわたしに伝えるためだったのじゃないか。最近になってそう思うようになってきました」

「そのちらし寿しを食べんと、亜弓さんが買《こ》うてきはった握り鮨をふたりで食べはったんですよね。どんな感じやったんですか？　お父さんはちらし寿しのことは何も言わはらへんかったんですか？」

「そのときはまったくと言っていいほど、気に掛けなかったんです。父が夕飯の支度をして待っていることなど、一度もありませんでしたから、何かと見間違えたかなと思ったくらいでした」

「たまたま誰かにもらわはっただけやったかもしれませんね」

「でも、今から思えば、なんですが、ちゃんと家のお皿にふたり分を盛りつけてありましたし、お箸も添えてあったような気がするんです」

「そんなんははじめてやったんですね」

「わたしが高校を卒業するころまでは、近所に住む祖母が、毎日食事の用意をしてくれていました。祖母が亡くなってからは、スーパーの惣菜《そうざい》売場に勤めていたわたしが、売れ残りを安い値段で買って帰ってふたりで食べていました。米屋でしたからご飯を炊くことだけは父の役目でしたけど、包丁を持つ姿などは一度も見たことがありませんでした」

「ちらし寿しやったら錦糸卵も作らんならんし、シイタケやらの味付けもせんならん。包丁よう持たん人には難しいやろ。たしかに謎やなぁ。亜弓さんは食べはらへんかったから、どんなちらし寿しやったか、まったく分かりませんよね」

こいしは何度も首をかしげている。

「実は食べたかも、いや、食べたと思うんです」

亜弓が声を落とした。

「どういう意味ですのん？」

こいしが前のめりになった。

「あの日は友人たちが送別会を開いてくれたので、夕飯もそこそこにして出かけました。あまり強くないのに、ついつい飲み過ぎてしまって、ほとんど記憶が飛んでしまいました」

「ようあることです。どうやって家に帰ったんやろて思うこと」

こいしが何度も首を縦に振った。

「朝起きてみると、テーブルの上に食べかけのちらし寿しが置いてあって、夕べ遅くに帰って来てから食べた記憶が少しよみがえってきたんです」

「そうそう。それもようありますわ。知らんうちにカップラーメン食べてたり」

「食べ残しってきれいなものじゃないので、父が起きてくる前に、と思ってあわてて生ゴミ入れに捨てました。なので、食べたのだと思うのですが、どんな味だったかとかまではさっぱり」

亜弓が顔を曇らせた。

「そうやわねぇ。けど、もういっぺん食べたら思いだせるかもしれませんね」

「そうだといいのですが」

「包丁もめったに使わはらへんお父さんが、よう作らはりましたね」

「たとえ鯛焼きとは言え、よく食べもの商売をはじめたものだと思います」

「そうかぁ。鯛焼きやったら包丁使わんでもできますもんね」

「わたしが知らないだけで、実は料理もできるのかもしれませんが」

「ご両親はなんで離婚しはったんです？　答えにくかったらええんですけど」

「子どものころは、父も何も話してくれませんでしたから、離婚の理由はまったく分かりませんでした。ただ、仲が悪くなったからだと子ども心にそう思っていましたが、大きくなってから聞いた話では、どうやら母には不倫関係の男性がいたようです」

「お母さんとはそのあと会《お》うたぁらへんのですか？」

「母はわたしが中学を卒業したころに再婚しました。相手は七歳も年下の男性で、居酒屋チェーンの社長です」

「妹さんは？」

「亜希は二十九歳のときに新潟市内の有名パティシェと結婚しました」

「双子の妹さんやから幸せになって欲しいと思うけど、複雑な気持ちにもならはったんやろね」

「結婚式の招待状が届きましたけど、父と相談してふたりとも欠席しました」

「なんかやるせない話やなぁ」

　こいしが長いため息をついた。

「ねたむ気持ちがまったくなかったと言えばうそになるでしょうね。そんなに深く考えずに母についていった妹が人もうらやむ結婚をして、母は母で居酒屋チェーンの社長夫人。ついつい自分たちと比べてしまって、砂をかむような気分になったのを、昨日のことのように思いだします」

亜弓が天井を仰いだ。

「こんなん言うたらあかんのやろけど、小説に出てきそうな話ですね」

「両親が離婚した子どもって、世の中にはあふれるほど居るんでしょうけど、わたしたち姉妹ほど明暗が分かれた子どもって、あんまり居ないんじゃないかな。バチが当たるような悪いことを何ひとつしたわけじゃないのに。ついつい神さまを恨んでしまうんですよ」

亜弓は薄《うっす》らと目を潤ませている。

「どない言うたらええのか。亜弓さんのお気持ちはよう分かりますけど……」

こいしはあとの言葉を呑《の》みこんだ。

「ひとり暮らしをはじめてから五年経《た》った去年、彼からプロポーズされて、ようやくわたしにも春が来たかなと思いました」

「うちまでホッとしましたわ。よかったですやん」

「でも、まだお返事できていないんです」

亜弓が顔を曇らせた。

「お父さんのことがあるしですか？」

こいしの問いかけにこくりとうなずいた亜弓が、両膝を前に出し、前かがみになった。

「父のことが気がかりで、ずっと機会を逃してきたんです。でも今度の彼はわたしの気持ちをきちんと理解してくれて、決心がつくまでずっと待っていると言ってくれたんです」

言葉を続けるうち、亜弓の表情から曇りが消えていった。

「そうなんや。ほんまにありがたいですね」

こいしもホッとしたように、握りしめていたペンをノートの上に置いた。

「たぶんこれが最初で最後のチャンスだと思います。でも、やっぱり父のことが気になりますし」

「思いきって直接訊いてみはったらどうですか？　結婚してオーストラリアへ行っても大丈夫かて」

「訊けばきっと、好きにすればいい、って平気な顔して言うと思うんです。ひとり暮らししたいと言ったときもそうでしたから。でも、ぜったい本音を言わない人なので、本心は分かりません」

亜弓は表情を固くした。

「けど、肝心のちらし寿しは、お父さんに訊かんと分からへんのと違うかな」

「やっぱりそうですよね。いくら食専門の探偵さんでも、父に訊かずに捜しあてるのは無理なんですね」

「お父ちゃんのことやから、なんとかして見つけださはるかもしれませんけど」

「探偵はあなたじゃなくて、お父さんなんですか？」

亜弓が見開いた目を丸くした。

「うちは訊き役専門。実際に捜すのはお父ちゃんなんですよ」

「そうなんですか」

ぽかんと口を開いたまま、ローテーブルに目を落とした。

「心配しはらんでも大丈夫。お父ちゃんは元刑事やったさかい、捜査はお手のもんですねん」

「元刑事？　なのにあんなすごい料理を作られるんですか？」

「けったいなお父ちゃんでしょ」

こいしが薄ら笑いを浮かべた。

「捜しているのがわたしだということさえ黙っていてもらえれば、父に会って訊きだしてもらってもかまいません」

「て言うても、唐突にちらし寿しのことを訊くわけにはいかへんわなぁ」

両腕を組んで、こいしがソファにもたれかかった。

「難しいことをお願いして申しわけありませんが、どうぞよろしくお願いいたします」

立ちあがって亜弓が深々と頭を下げた。

時折り頭をひねりながら、こいしが前を歩き、そのあとを少し遅れて亜弓が追いかける。コツコツと廊下を歩くふたりの足音は、食堂まで不規則に続いた。

「あんじょうお聞きしたんか？」

厨房から出てきて流がふたりを迎えた。

「面倒なことをお願いしてしまって申しわけありません」

亜弓が深く腰を折った。

「とんでもない。なんや知りまへんけど、わしらは捜すのが仕事でっさかい」

流は横目でこいしの様子をさぐった。

「今回は難題中の難題やと思うで」

「いっつもおんなじこと言うとるな」

流が苦笑いした。

「次はいつ来ればよろしいでしょうか」

亜弓は上目遣いで遠慮がちに訊いた。

「だいたい二週間いただいてますんやが、お急ぎでっか？」

「急ぐと言えば急ぐのですが、ご無理も言えませんし」

「分かりました。せいだい気張って早いこと捜して連絡しますわ」

「よろしくお願いいたします。今日のお食事代を」

「探偵料と一緒にもらうことになってますさかい」

こいしが口もとをゆるめた。

「分かりました。ご連絡お待ちしております」

一礼して亜弓は店を出た。

「今日はこれからどないしはるんです？」

こいしが送りに出てきた。

「新潟へ帰るバスが夜の十時半発なので、それまでぶらぶら京都観光をしようかと思っています」

亜弓が腕時計に目を遣《や》った。

「たっぷり時間があるさかい、あちこち見て回れますね」

「夜行バスやと疲れるんやないですか？」

流が口をはさんだ。

「安いですから我慢します」

亜弓が笑顔で答えた。

「たしか関空《かんくう》から格安の飛行機が飛んどったような気がしまっせ」

「そうなんですか？　調べてみます。ありがとうございます」

亜弓は足早に正面通を西に向かって行った。

「夜行バスより飛行機のほうが楽やんな。けどなんでそんなん知ってるん？」

「テレビでやっとった。安い飛行機の特集。それ乗って酒の仕入れに行こうかと思うとったとこや」

「もちろんうちも連れて行ってくれるんやな」

「そんなことより、何を捜してはるんや」

流が話をすり替えた。

「ちらし寿し」

「どっかの店のか？」

「亜弓さんのお父さんが用意してくれてはったん」

「用意？　手作りやないんか」

「それがよう分からんみたい。食べてはらへんから味もなんにも分からへん」

「そら、たしかに難題やな」

「やろ？　やっぱりうちも一緒に捜しに行かんとあかんわ」

「飛行機代を調べんとな」

流が店に戻り、小鼻を膨らませてこいしがあとに続いた。

2

二週間と掛からず、十日経ったころに連絡があり、亜弓は流に教わったとおり、新潟から関空へ飛んだ。

昼ではなく夕方の時間を指定されたのも亜弓には好都合だった。午後一時前に離陸した飛行機は午後二時半に関空に着いた。

日にちにもよるのだが、夜行バスより飛行機代のほうが安く、関空から京都までのリムジンバス代を足しても、ほとんど前回とおなじ交通費で済んだ。

リムジンバスをJR京都駅で降りた亜弓は、慣れた足取りで『鴨川探偵事務所』を目指している。

「またお会いしましたな」

すれ違いざまに僧侶が声を掛けてきた。前回道を訊ねた僧侶だ。

「その節はありがとうございました。おかげさまでご縁をいただきました」

「ほう。お若いかたやのに、じょうずに言わはりますな。按配《あんばい》よう育ててくれはった親ごはんに感謝しなはれや」

「はい」

僧侶の言葉に、亜弓は思わず背筋を伸ばし、心を軽くした。

口数の少ない父だから、しつけという言葉とは結び付かない。

会社でひと仕事してから旅に出た亜弓は、グレーのスーツ姿で正面通を歩いた。

「こんにちは」

かたむきかけた日差しを受ける『鴨川食堂』の引き戸をゆっくりと引いた。

「おこしやすぅ、ようこそ」

前回と同じスタイルでこいしが迎えた。

「わたしが余計なことを言ったばかりに、お父さまにはご無理をしてもらったんじゃないでしょうか。早く見つけだしていただいて、本当にありがたく思っています」

亜弓は黒いハンドバッグをパイプ椅子に置いた。

「気にせんといとぅくれやす。久しぶりにわしも新潟やら長岡の街を愉しませてもろたんでっさかい」

作務衣姿の流が厨房から出てきて、茶色い和帽子を取った。

「やっぱり行っていただいたんですね。ありがとうございます」

姿勢を正した亜弓は深く頭を下げた。

「すぐにご用意しまっさかい、お掛けになって待っててとぅくれやす」

和帽子をかぶり直した流が、厨房へと戻っていくのをたしかめてから、亜弓はパイプ椅子に腰かけた。

「今回はめずらしい、うちも連れて行ってくれはったんですよ。長岡てはじめてやったんですけど、落ち着いたええ街ですね。長岡系のラーメンも美味しかったですわ」

こいしは亜弓の前のテーブルに黒漆の折敷《おしき》と錫《すず》の箸置きをセットした。

「お口に合ってよかったです。ショウガが苦手な方には向かないみたいで」

「うちもお父ちゃんもショウガが大好きやさかい」

折敷の横に、砥部《とべ》焼の急須と唐津《からつ》焼の湯呑を置いて、こいしが笑みをうかべた。

「わたしもショウガが大好きなんです。たまにお寿司屋さんに連れて行ってもらっても、ショウガばっかりお代わりを頼むので、彼が恥ずかしがるんです」

「お付き合いは順調なんですか？」

こいしが茶を注いだ。

「来月になると、彼はすぐシドニーに行ってしまうので、今は会い貯《だ》めっていう感じで、しょっちゅう会っています」

「ええなぁ。春爛漫《はるらんまん》っていうとこですね」

「おかげさまで今のところは。彼が行ってしまったあとのことを考えると、なんだか気が重くなりますけど」

亜弓の瞳に薄雲が掛かった。

「ちらし寿しを食べてもろて、雲がすっきり晴れたらええんですけど」

「ありがとうございます」

亜弓はテーブルに目を落としたまま、小さな吐息をもらした。

「お酒はどうしはります」

「今日はやめておきます。心して食べないといけませんから」

「それもそうですね。心を決めはらんならん、だいじな食事やさかいに」

「お待たせしましたな」

急ぎ足で厨房から出てきた流は、銀盆に載った色絵の中皿を折敷の上に置いた。

「これがあのときの……」

覆いかぶさるようにして、亜弓が皿に盛られたちらし寿しを見つめている。

「間違いない思います」

銀盆を小脇にはさんで流が胸を張ると、横に立つこいしが大きくうなずいた。

「ゆっくり召しあがってくださいね」

「吸いもんをお付けしようか思うたんでっけど、ちらし寿しだけをしっかり味おうてもろたほうがええ思うたんで、お茶だけにしときます」

言い置いて、流とこいしは連れ立って厨房に戻っていった。

しんと静まり返った食堂の窓からは、夕陽が斜めに差し込んでいる。

あらためてちらし寿しを眺めてみる。

ふつうのちらし寿しは、こんもりと山形に盛ってあるように思うのだが、これは正方形のブロック形をしている。そう言えば、と亜弓はふいに思いだした。たしかにあの夜遅くに食べたちらし寿しは角張っていた。それを記憶に留《とど》めていなかったのは、酔って記憶を失《な》くしてしまったことに加えて、まさかという思いからだろう。父がちらし寿しを作るわけがないと思っていた。

もしもこれが、あのとき父が用意していたものとおなじだとすれば、ますます謎が深まる。料理らしい料理をしたことがないと思っている父に、こんなちらし寿しを作れるだろうか。

上に錦糸卵が散らしてあるのは、一般的なちらし寿しとおなじだ。カマボコやシイタケ、といった具材もふつうだが、紅ショウガはどうなのだろう。たいていピンク色の寿司ショウガが端っこに添えてあるような気がする。そしてグリンピースも目を引く。ふつうはキヌサヤとか木の芽が彩りとして使われているのではなかったか。

そして横から見て驚いた。どうやら二層になっているようなのだ。真ん中にそぼろのような具がはさんである。こんなちらし寿しははじめて見た。

しばらくじっと見つめていた亜弓は、気を取りなおしたように手を合わせ、箸を手に取った。

左下の隅を箸で崩し、そっと口に運んだ。

思ったよりも甘い。寿司飯そのものもだが、そぼろ状の具が甘辛く煮付けてあるようで、お菓子とまでは言わないが、それに近い甘さは、これまでに食べたちらし寿しとはまったく異なる味わいだ。

その甘さがクセモノだと分かった。あとを引く味は箸を止まらなくさせる。休むことなく箸を動かした結果、ちらし寿しはあっという間に半分以下に減った。

素朴と言えばこれ以上素朴なちらし寿しはないだろうと思う。

「どないです？　少しは思いださはりましたか」

気が付けば流がうしろに立っていた。

「ほとんど覚えていないので、なんとも言えませんが、これまでに食べたことのない味で、とても美味しくいただいています」

亜弓は無難に答えた。

「よろしおした。足りんようやったら言うてください。まだようけありまっさかいに」

「ひとつお訊きしてもいいですか？」

亜弓が箸を置いた。

「そない急《せ》かはらんでもよろしいがな。ぜんぶ食べはったらお話させてもらいますんで」

そう言って、流はまた厨房に戻っていった。

ちらし寿しに目を戻した亜弓は、箸を持つ手を止めた。ちらし寿しを盛られた器に見覚えがあるような気がしたからである。

蜘蛛《くも》の糸ほどしかない、微《かす》かな記憶の糸をたどっていくと、それは祖母が住んでいた伊根の家の茶の間につながった。

夏の暑いさなかだったように記憶する。

妹の亜希とふたりで、ひと切れ残ったケーキを取り合い、この皿を亜希と引っ張り合ったような気がする。

たぶんどこの家庭でもおなじだろうが、こうした場合、たいていは妹に有利だ。お姉ちゃんなのだから、妹に譲ってあげなさいと言われるのが常だった。

もしもあのときとおなじ器だったなら、皿の真ん中に桃の絵が描いてあるはずだ。残ったちらし寿しを横にずらしてみたが、残念ながら記憶にあるものとは違っていた。

思い違いだったのだろうか。残ったちらし寿しに箸を伸ばした。

それにしても美味しいちらし寿しだ。ふつうはこれほど甘いと食べ飽きるものだが、気が付けば口に運んでいる。そこそこの量があったと思うが、酢飯のひと粒も残さず食べ終えてしまった。

　箸を置いて手を合わせると、なぜか懐かしい思いが込みあげてきた。

　父とふたりで暮らすようになって、しばらく経った夏のこと。石地《いしじ》の海水浴場へ父が連れて行ってくれたのだ。

　お昼どき、広い砂浜にござを敷いて、父親が食べさせてくれたのは笹寿司だった。笹に包まれた寿司は、ちょうどこんな味だった。煮付けたそぼろ、錦糸卵、紅ショウガ。笹寿司には山菜も入っていたように思うが、目を閉じて食べればおなじだ。お腹が減っていたせいもあるが、あっという間に食べ終えた。

　父はお腹が空《す》いていないからと言って、自分の分も食べさせてくれた。形こそ違えど、あのときの寿司とおなじ味がする。

　真っ青な空。ぎらぎらと照り付ける太陽、寄せては返すさざ波の音。水と戯れる子どものざわめき。息つくひまもなくかぶりついた笹寿司。

　知らず亜弓の頬を涙が伝った。

「お代わりはどないです？」

　流が亜弓の前に立った。

「もう充分いただきました。お話を聞かせてください」

亜弓は白いハンカチで目頭を押さえた。

「ほな失礼して座らせてもらいますわ」

流が亜弓と向かい合ってパイプ椅子に腰かけた。

「あの日父が用意していたのは、こんなちらし寿しだったんですね」

「直接そう訊いたわけやおへんさかい、百パーセントとは言えまへんけど、九割がた間違いない思います」

流が亜弓の目をまっすぐに見つめた。

「父にはお会いいただいたのでしょうか？」

亜弓が視線を返した。

「お父さんがやってはる鯛焼き屋はんへ行かんことには、なんにもはじまりまへんさかいに、長岡へ行ってきました」

流はタブレットの画面を亜弓に向けた。

「ありがとうございます」

店の外観写真には小さく父が写っている。

亜弓が実家に帰るのは必ずといっていいほど、営業が終わってからなので、父が店で働く姿を近ごろはまったく見ていない。はっきりと表情までは見えないが、白衣を着て白い帽子をかぶった父の姿は、亜弓の瞳にまぶしく映る。

「いっさい作り置きをしはらへんのですな。注文してから焼きあがるまで十分ほど待ちましたんで、そのあいだに世間話をさせてもらいましたんや」

タブレットの画面には、鯛焼きを焼く父の手元が写しだされている。

「なんとかして、ちらし寿しの話を訊かんとあきまへんのやが、なかなか切っ掛けがつかめまへん。あなたが言うてはったとおり、店の壁に鯛焼きの写真を何枚も貼ってはったんで、そのことを訊ねてみました。なんで貼ってはるんです？　て」

流が見せた画面には、壁一面に貼られた鯛焼きの写真が写っている。

「わたしが見たのは何年も前ですが、ずいぶん増えましたね」

「お父さんいわく、供養なんやそうです」

「供養？」

亜弓が首をかしげた。

「お店をはじめはって最初のころは、作り置きしてはったそうで、売れ残った鯛焼きを哀れに思うて写真に撮って残したんが切っ掛けやて言うてはりました。それもあって注文があってから焼くようにしたんやそうです。それでもときどき、電話で注文を受けたのに、取りに来ん客があるみたいですな。引き取り手のない鯛焼きが恨めしそうに、お父さんのほうを見とるらしいて、写真におさめて供養してはるんですわ」

「そうだったんですか。そんな話は一度もしてくれませんでした」

「父親としては気恥ずかしいんでっしゃろ」

「そういうものなのですか」

亜弓は細めた目で画面をじっと見つめている。

「ええ話やなぁと思うて、鯛焼きの写真を眺めとったら、一番隅っこにちらし寿しの写真が貼ってありますねん」

「まさかそれが……」

亜弓が顔を上げた。

「これがその写真ですわ」

画面をタップして、流が拡大して見せた。

「さっき食べたのと……」

亜弓が息を呑《の》んだ。

「覗きこまんと見えんとこに貼ってあるさかい、なんぞわけがあるんやろうと思うて、聞いてみましたんや」

「父はなんて？」

亜弓が前のめりになった。

「これも供養やて言うてはりました」

「どういう意味でしょう」

亜弓は顔をしかめている。

「鯛焼きとおんなじで、食べてもらえなんだちらし寿しを供養するために、写さはったんやそうです」

「わたしが食べずに飲みに出て行ったからですね」

「食べ残したちらし寿しを朝になって捨ててしまわはったさかい、お父さんはあなたが食べんと捨てたと思わはったんですやろな。せっかく作ったのに、哀《かな》しい思いでしたやろな」

「と言うことは、やっぱり父が自分で作った？」

亜弓が大きく開いた目をまばたかせると、流はこくりとうなずいた。

「あなたのことはいっさい言わんと、それとのう探りを入れるのに、ちょこっと難儀しましたけど、お手製やったということは訊きだしました。うろ覚えやったちらし寿しを作ったんは、あとにも先にもそのときいっぺん切りやそうです。自分が故郷を離れるときに、母親が作って門出を祝ってくれたちらし寿しや、とも言うてはりました」

「そうでしたか。そんな思いで父が用意してくれてたなんて、ちっとも知らずにわたしは……」

亜弓は充血した目を潤ませている。

「調べてみましたら、丹後のばら寿司て言うて、丹後地方近辺では、お祝いごとやなんかのハレの日に、このばら寿司を作る習慣があるんやそうです」

流が向けた画面には、さっき食べたのとおなじようなちらし寿しの写真とともに、ばら寿司の解説が書いてある。

「それならそうと言ってくれればいいのに」

亜弓が悔しそうに唇を嚙んだ。

「うちのお父ちゃんも似たようなことあります。へんに意地を張ってはるんや思います」

いつの間にかこいしが亜弓のうしろに立っていた。

「意地張ってるんやない。余計なこと言わんようにしとるだけや」

「それを意地張ってるて言うんやんか」

ふたりのやり取りを聞いて、亜弓は心底うらやましく思った。

父が離婚してからの環境が、互いを遠慮がちにさせてきた。気持ちを言葉にすることなく、真意を探りあうような、互いにおかしな気遣いをしてきたのだ。

「お父さんに訊いただけやのうて、丹後地方で食べられとる、ごく一般的なばら寿司を作らしてもらいました。わしなりにアレンジして、レシピを書いときましたんで参考にしてください。家庭で作るもんやさかいに、そない難しいもんやおへん」

「ありがとうございます。わたしが作ることはないと思いますが」

ファイルケースを受けとって、亜弓が苦笑いした。

「お父さんの気持ちが分かってよかったですね」

こいしが口もとをゆるめた。

「あの父がちらし寿しを作っただなんて、まだ信じられませんが」

「それぐらい思いが強かったんですやろ。小学校のころから男手ひとつで育ててきはったあなたが、巣立っていくんやと。お父さんは自分のなかでもひと区切り付けたかったんやないかと思います」

「お父ちゃんぐらいの年代の男の人て、気持ちを伝えるのがへたなんですわ」

「また余分なこと言うとる」

流がこいしをにらみつけた。

「形が四角いのには何か理由があるのでしょうか？」

亜弓が訊いた。

「松蓋《まつぶた》っちゅう浅い木箱に、寿司飯を薄ぅ敷いて、サバを甘辛《あまかろ》う煮つけたおぼろをちらしてから、その上にまた寿司飯を敷いて、サバのおぼろやら、カマボコやとか錦糸卵、青豆、紅ショウガをちらして作るんですわ。むかしは松蓋に詰めてから重しで押して、熟《な》れさせとったみたいです。保存性をようするために空気を抜いたんでっしゃろ。今は重しをせんと軽ぅ押さえるのがふつうやと聞きました。松蓋っちゅう木箱を使うたさかい四角うなったんですな」

「今サバのおぼろっておっしゃいませんでした？」

亜弓が顔色を青くした。

「ふつうはサバやけど、お父さんが作らはったんはタイのおぼろやったそうですさかい、わしもそれに倣いました。門出を祝う方がサバアレルギーやったらしいでっせ」

流が相好をくずした。

「そこまで気ぃ遣《つこ》うて作ったんやったら、そう言うたらええのに。そしたら出来合いの握り鮨と違うて、亜弓さんも喜んでそっちを食べはったやろに」

こいしがそう言うと、亜弓は何度も首を縦に振って瞳を潤ませた。

「ええ人ほど不器用なんや」

流がぽつりとつぶやいた。

「ありがとうございます」

亜弓の目尻から涙があふれた。

「お父ちゃんはきっと自分に重ねて言うてはるんですよ」

こいしが亜弓の耳元でささやいた。

「こいし！」

流が声を荒らげると亜弓はこいしと顔を見合わせて小さく笑った。

「本当にありがとうございました。この前の食事代と併せて、探偵料のお支払いを」

亜弓がハンドバッグから財布を取りだした。

「特に金額は決めてません。お気持ちに見合《みお》うた分をこちらの口座に振り込んでください」

こいしがメモ用紙を亜弓に手渡した。

「分かりました。早急に振り込ませていただきます」

ふたつに折って亜弓が財布にメモを仕舞った。

「うまいことといったらよろしいね」

「はい」

こいしが掛けた言葉に、亜弓はきっぱりと返した。

店を出た亜弓の足元にトラ猫がすり寄ってきた。

「かわいい猫ちゃんですね」

亜弓が屈《かが》みこんで背中を撫でた。

「ひるねていう名前を付けてるんですけど、飼い猫と違うんですよ。お父ちゃんが、食べもん商売の店に猫は入れられへんて」

「うちもそうでした。米屋をやってるときに、子犬を飼いたいと言ったんですが、頑として受け入れてくれませんでした。おなじ理由だったと思います」

亜弓がひるねの喉をさすった。

「そういうとこもよう似てはるんや」

こいしがペロッと舌を出した。

「帰りも飛行機でっか？」

「せっかくなので今日は京都に一泊して、明日のフライトで帰ろうと思っています」

亜弓はゆっくりと立ちあがった。

「ご安全に」

流が笑みを向けると、亜弓は正面通を西に向かって歩きはじめた。

「ええ結果が出るようにお祈りしてます」

こいしが声を掛けると、亜弓は立ちどまって一礼した。

こいしと流が背中を見送っていると、突然立ちどまって、亜弓が戻ってきた。

「忘れもんでっか？」

「ひとつお訊きするのを忘れたのですが」

「なんですやろ」

「うちの地方には笹寿司という郷土料理があるのですがご存じですか？」

「空港の売店にも売っとりましたんで、買うて食べてみたんでっけど、なかなか美味しい寿司でした」

「あれにもおぼろが入っていたように思うのですが、やっぱりサバのおぼろでしょうか」

「あれはサケのおぼろやそうです」

流がにこりと笑った。

「そうでしたか」

亜弓もおなじような笑顔を返した。

「縁っちゅうのは不思議なもんですな。丹後のばら寿司と似たような味の寿司が新潟にもあるんやさかい」

「ほんとうに」

暮れはじめた空を見上げて、亜弓はまた歩きはじめ、背中を少しずつ小さくしていった。

見送ってふたりは食堂に戻った。

「亜弓さん、どないしはるんやろなぁ」

こいしがダスターでテーブルを拭く。

「神のみぞ知る、っちゅうやつやな」

カウンター席に腰かけて流が新聞を開いた。

「うちやったらどうするかなぁ」

「好きにしたらええがな」

「お父ちゃんをひとり放っとけへんし」

こいしが掬子の写真に目を遣った。

「人間は誰でも最後はひとりや」

新聞をたたんで流が仏壇に向かった。

「お母ちゃんはどない言わはるやろ」

こいしがあとに続く。

「こいしの好きにしたらええ、て言いよるに決まっとる」

流が線香をあげた。

「寂しがりやのに、強がるんやさかい。な？　お母ちゃん」

こいしは手を合わせて目を閉じた。

《初出》

第一話	ビフテキ	「STORY BOX」2019年11月号
第二話	春巻	「STORY BOX」2020年3月号
第三話	チキンライス	「小説丸」掲載
第四話	五目焼きそば	「STORY BOX」2020年1月号
第五話	ハムカツ	「小説丸」掲載
第六話	ちらし寿し	書き下ろし

※本作品はフィクションであり、
登場する人物・団体・事件等はすべて架空のものです。

―――本書のプロフィール―――

本書は、小学館文庫のためのオリジナル作品です。

小学館文庫

鴨川食堂《かもがわしょくどう》もてなし

著者　柏井《かしわい》　壽《ひさし》

二〇二〇年六月十日　初版第一刷発行
二〇二〇年七月五日　第二刷発行

発行人　飯田昌宏
発行所　株式会社 小学館
〒一〇一-八〇〇一
東京都千代田区一ツ橋二-三-一
電話　編集〇三-三二三〇-五九五九
販売〇三-五二八一-三五五五
印刷所 ―――― 中央精版印刷株式会社

ISBN978-4-09-406776-7